WITCH IS WHEN IT GETS CRAZY

Édition française

LEMON TEA COZY MYSTERIES

LUCY MAY

DÉVOUEMENT

Aux sauts dans l'inconnu.

CHAPITRE UN

Le bourdonnement des voix provenant de l'autre côté de la porte de la cuisine filtrait dans l'arrière-boutique. Les affaires tournaient bien, et j'en étais ravie. Lemon Bliss n'était pas vraiment une ville dynamique, mais j'avais voulu tenter ma chance parce que j'avais besoin d'un moyen viable d'y rester et ma meilleure amie Daphne était une fervente supportrice de l'idée. Sans oublier qu'elle était aussi ma partenaire commerciale. Lemon Bliss était juste assez grande pour avoir suffisamment d'habitants pour nous occuper. Cela nous aidait également d'être la seule boulangerie-pâtisserie de la ville.

— Violet ? m'appela Patty, ma plus récente employée, depuis la boutique.

Daphne était en congé aujourd'hui, quelque chose que nous avions convenu de mériter toutes les deux. Cela faisait presque six mois que la pâtisserie était à la fois ouverte *et* rentable. Il était temps d'embaucher du personnel et de profiter des fruits de notre labeur. Comme Daphne était absente aujourd'hui, cela signifiait que j'étais de service. Honnêtement, j'étais toujours de service, même quand je disais prendre un jour de congé.

— J'arrive, répondis-je en sortant rapidement les biscuits du four avant de me précipiter vers l'avant. Patty était nouvelle et avait tendance à paniquer si elle voyait plus de quelques personnes en file d'attente.

En arrivant dans la boutique, je vis que l'espace restauration était plein et qu'il y avait plusieurs personnes qui faisaient la queue à la caisse. J'étais surprise que Patty ait attendu si longtemps pour m'appeler à l'aide. En parcourant la salle du regard, mes yeux se posèrent sur ma mère. Elle n'avait pas l'air contente, les lèvres pincées et les bras croisés, tapant du pied.

Je gémis intérieurement, espérant qu'il n'y avait pas encore une catastrophe nécessitant mon attention immédiate. Depuis mon retour à Lemon Bliss, j'avais l'impression de faire face à une crise après l'autre. Ces deux derniers mois avaient été paisibles, et j'avais espéré être sur la voie d'une vie plus tranquille.

Un seul regard vers ma mère et mes sens commencèrent à s'agiter, m'annonçant que l'idée de paix était sur le point de me sauter au visage. Je le savais. Quand elle me vit franchir la porte battante, elle commença à s'approcher du comptoir.

— Un instant, maman, lançai-je, en tournant mon attention vers la file d'attente.

Après avoir servi tous les clients, je fis signe à ma mère de me suivre dans la cuisine. Je ne voulais pas que toute la pâtisserie entende parler de notre dernier problème.

— Patty, appelle-moi si tu as besoin, lui dis-je, en m'assurant que la porte de la cuisine se referme derrière nous. Ma mère commença à faire les cent pas devant ma table de travail, tordant ses mains. Ses bracelets à breloques tintaient doucement à chaque mouvement.

— Oh, Violet. Nous avons un problème, dit-elle en passant devant moi.

— Quoi encore, maman ? Quelque chose a disparu ? Quelqu'un est mort ? Quoi ? Qu'est-ce qui pourrait aller si mal ? demandai-je, repoussant ma frustration. Je voulais *vraiment* une vie normale. Mais depuis que j'avais appris que j'étais une sorcière, la normalité semblait difficile à atteindre.

Elle s'arrêta de marcher, fixant son regard sur moi.

— Oui, quelqu'un est mort, Violet, et ce n'est pas drôle du tout.

La panique et l'inquiétude me submergèrent.

— Qui ?! m'exclamai-je, le cœur battant.

— Nous ne le connaissions pas très bien, mais je connaissais son existence. Ce qui est terrible, c'est qu'il était si jeune. Ça et le fait que sa mort annonce plus d'ennuis pour nous tous.

— Qui ? demandai-je, la frustration rendant ma voix stridente. Qui est mort ?

— Harry.

— Qui ? demandai-je en clignant des yeux, essayant rapidement d'associer un visage à ce nom.

— Harry. Il travaillait avec cet horrible homme, George, dit ma mère, la bouche tordue de dégoût.

Ma mère n'aimait *pas* George, mais moi non plus. George était l'enquêteur surnaturel qui nous pourchassait depuis des mois. Il ne voulait tout simplement pas abandonner l'idée qu'il pourrait démasquer les secrets surnaturels de Lemon Bliss. Comme nous étions des sorcières qui tenaient beaucoup à garder notre existence secrète, nous nous heurtions constamment à sa curiosité agressive.

— Comment Harry est-il mort ? demandai-je, posant la question évidente. Je n'avais toujours pas compris pourquoi ma mère s'inquiétait, au-delà de la préoccupation générale quand quelqu'un meurt.

— Violet, tu ne comprends pas. Harry était l'un des enquêteurs surnaturels. Des rumeurs circulent en ville comme quoi Harry serait mort après avoir visité l'usine hier soir.

Je me retins de jurer.

— Quoi ?! Pourquoi était-il dans l'usine ? Pourquoi continuent-ils d'y aller ? Pourquoi ne peuvent-ils pas simplement rester dehors ? C'est une propriété privée et la mienne. Personne n'a la permission d'y être. Est-il mort là-bas ?

Une mort suspecte dans l'ancienne usine de thé au citron que ma grand-mère m'avait léguée était ce qui m'avait initialement ramenée à Lemon Bliss. Doux thé ! Si quelqu'un d'autre y mourait, il serait encore plus difficile d'éloigner les soupçons des sorcières.

—Je n'ai aucune idée si Harry y était vraiment, mais c'est ce que les gens racontent. D'après ce que j'ai pu comprendre, on l'a retrouvé mort chez lui ce matin, donc il ne serait pas mort à l'usine. J'ai pensé que tu devais le savoir immédiatement. C'est juste terrible.

Appuyant mes hanches contre la table qui traversait le centre de la cuisine, je soupirai.

— Wow. Je n'arrive pas à y croire. Qu'un autre enquêteur surnaturel se retrouve mort, c'est vraiment bizarre.

Ma mère s'est appuyée contre la table à côté de moi. — Je sais. Même si la première mort était un accident, cela a simplement attiré l'attention sur la vieille usine. Et George ! Mon Dieu, cet homme n'abandonne jamais. Apparemment, il a fait venir quelques amis qui sont aussi des enquêteurs du paranormal. Et bien sûr, l'usine est au centre de son enquête. Je suppose que c'est pour cela que Harry était à l'usine hier soir. Ils doivent s'y introduire à nouveau.

— Maman, quand as-tu appris que George s'intéressait à nouveau à l'usine ? ai-je demandé en la regardant.

Elle a pris une profonde inspiration. — George a fait venir le fils de Dale pour poursuivre le travail de son père.

— Dale ?

— L'homme qui est mort dans l'usine il y a presque six mois, a-t-elle dit comme si j'étais idiote.

— Ah, oui. Désolée, je ne réfléchissais pas.

— Quoi qu'il en soit, Dale Junior a amené son copain d'université Harry, et Stan. Apparemment, Stan a travaillé avec Dale Senior dans le passé. Ces hommes ont continué cette stupide enquête. Les dames et moi avons surveillé les choses autant que possible sans être trop évidentes, a-t-elle expliqué. Je ne voulais pas t'en parler parce que je ne voulais pas que tu t'inquiètes. Nous pensions qu'ils finiraient par s'ennuyer et passer à autre chose. Maintenant, quelqu'un d'autre se retrouve mort. Quel gâchis.

J'ai soupiré et fait rouler ma tête de gauche à droite, essayant de soulager la tension qui montait dans mon cou.

— En tout cas, la police m'a appelée ce matin, a-t-elle ajouté.

— Pourquoi t'ont-ils appelée ?

— Parce qu'ils n'arrivaient pas à te joindre.

— D'accord, pourquoi essayaient-ils de m'appeler ?

Elle a poussé un long et lourd soupir. — Parce que George leur a parlé de sa présence à l'usine et a dit qu'il pense que quelque chose est arrivé à Harry là-bas. Bien sûr, la police se fiche que ces hommes soient entrés par effraction et aient fait de l'intrusion à volonté. Mais ils sont heureux de supposer que quelque chose de louche s'est produit même si Harry n'est pas réellement mort à l'usine, a-t-elle dit d'un ton pincé.

— Je ne peux pas être responsable de tout ce qui se passe ici, et toi non plus. Ça commence vraiment à bien faire !

— Je suis désolée, ma chérie. Je sais que ce n'est pas ce à quoi tu t'attendais en revenant vivre ici.

— J'ai l'impression que ça va devenir la nouvelle norme. Si seulement je pouvais empêcher ces enquêteurs du paranormal de s'introduire dans l'usine. Je me fiche de leurs enquêtes ridicules, mais bon sang, ils ne devraient pas entrer par effraction ! Tous les deux ou trois mois, quelqu'un va faire quelque chose qui menace notre coven. Maman, es-tu sûre que toute cette histoire de sorcières vaut vraiment tous ces problèmes ? ai-je demandé doucement.

— Oui. Nous ne pouvons pas changer qui nous sommes, même si nous le voulions. Nous devons protéger notre secret, c'est ce que nous faisons tous depuis des décennies, et ce que nous continuerons à faire. Maintenant, tu dois aller parler au shérif. Je ne sais pas si ce sera Harold qui posera les questions, ou quelqu'un d'autre.

— Je travaille, Maman. Je ne peux pas partir et laisser Patty toute seule.

— Je pourrais rester, a-t-elle proposé.

J'ai retenu mon rire. Je ne sais pas si c'était son intention, mais l'idée était risible. — J'appellerai Daphne, ai-je dit avec résignation.

— Je suis désolée de te mettre ça sur le dos, Violet. Je te promets, les événements récents ne sont pas la norme. C'est ce George. Une fois que nous aurons trouvé comment nous débarrasser de lui, nos problèmes seront terminés, a-t-elle dit.

Comme si c'était si simple. J'en doutais sérieusement.

M'éloignant du comptoir, je suis allée à l'arrière pour prendre mon sac et mon téléphone. Quand je me suis retournée pour la regarder, mon sixième sens a recommencé à s'agiter. — Maman, qu'est-ce que tu prépares ? ai-je demandé.

Elle a haussé les épaules. — Oh, bon sang ! Tu imagines toujours le pire. Je réfléchis, c'est tout.

Sur ce, elle est sortie de la cuisine. Debout là, j'ai pris une profonde respiration. Les choses devenaient étranges. Enfin, elles étaient déjà plus qu'étranges. Est-ce que ce pourrait vraiment être une coïncidence que ces deux hommes soient morts après avoir visité l'usine ? L'usine construite sur le lieu des réunions du coven pendant quelques siècles. J'avais eu mes soupçons auparavant, mais j'avais essayé de les ignorer autant que possible.

— Pas moyen, Violet. Ce n'est pas une coïncidence, ai-je murmuré dans la cuisine vide.

Je devais commencer à faire face à la réalité. Quelque chose n'allait pas à Lemon Bliss, et je commençais à me demander si les choses s'arrangeraient un jour. Ça n'en avait certainement pas l'air.

Sortant mon téléphone portable de mon sac, j'ai appelé Daphne. Adieu son jour de congé. Je détestais la déranger, mais je devais parler à Harold tout de suite. Daphne a compris mon dilemme et a promis d'arriver immédiatement.

En quelques minutes, elle est entrée dans la cuisine par la porte arrière. — Hé, raconte-moi tout. Est-ce que je dois faire mes valises ? On s'enfuit ? a-t-elle demandé en guise de salut.

J'ai levé les yeux au ciel. — Non, à moins que tu n'aies quelque chose à me dire, ai-je répondu en haussant un sourcil.

Elle a ricané. — Je ne sais même pas ce que j'ai supposément fait. Alors, que s'est-il passé ? Un autre mort dans l'usine ? Je n'arrive même pas à y croire.

J'ai secoué la tête. — En fait, pas dans l'usine, mais ses copains ont dit à la police qu'il était dans l'usine et qu'il est mort peu après.

Elle a poussé un long soupir. — Et la police veut te parler pour savoir si tu as magiquement tué ce type juste parce qu'il s'est introduit dans l'usine ?

J'ai hoché la tête. — C'est à peu près ça.

— Regrettes-tu parfois d'être revenue ? a-t-elle dit doucement.

J'ai pris quelques secondes pour y réfléchir. — Non. Je regrette que deux personnes soient mortes, mais j'ai l'impression que ces décès se seraient produits que je sois ici ou non.

— Techniquement, tu n'étais pas là pour le premier.

— C'est vrai, mais je suis quand même désolée que cet homme soit mort, surtout sur ma propriété. Un autre regret que j'ai est de ne pas avoir mieux sécurisé cette usine. On pourrait penser qu'ils tireraient une leçon, pourtant. Je veux dire, s'ils pensent vraiment que l'usine est hantée, et que de mauvaises choses semblent se produire quand ils y vont, pourquoi continuent-ils d'y retourner ? ai-je demandé.

Daphne a ri. — C'est tellement vrai. D'un côté, ils continuent d'insister sur le fait que l'usine va leur donner le scoop surnaturel du siècle, et de l'autre, ils continuent de se mettre en danger dans un endroit qu'ils prétendent dangereux. Elle a fait une pause, son regard devenant sérieux. — Honnêtement, s'il n'est pas mort là-bas, je suis sûre que ça sera résolu. Ça n'avait rien à voir avec toi, alors ils vont comprendre.

— Espérons-le. Quoi qu'il en soit, je ferais mieux d'y aller. Je suis vraiment désolée de t'avoir fait venir pendant ton jour de congé. Je travaillerai pour toi lors de mon prochain congé.

— Ne t'inquiète pas, Violet. Je ne faisais rien de spécial de toute façon. J'espère que tu as déjà fait beaucoup de pâtisseries par contre. Tu sais que je ne suis pas très douée en cuisine, dit-elle avec un sourire contrit.

La pâtisserie n'était pas la contribution de Daphne à l'entreprise. — Tout est prêt. Tu devrais avoir suffisamment de stock pour tenir le reste de la journée. Sinon, dis simplement que nous sommes en rupture de stock, dis-je avec un faible sourire.

— Ou ils pourraient simplement partir, lança-t-elle.

— On s'inquiétera de ça plus tard. Pour l'instant, assurons-nous de ne pas finir en prison.

Elle plissa les yeux en reprenant son sérieux, s'approchant de moi. — Tu penses que c'était l'un d'entre eux ?

Je savais exactement de qui elle parlait car j'avais eu la même pensée. Je me détestais pour ça, mais il semblait y avoir toujours un dénominateur commun : ma mère et ses amies, dont l'une était la mère de Daphne. Les membres de notre coven se retrouvaient encore une fois au centre d'un crime.

— Je ne sais pas, Daphne. Je ne veux pas croire qu'elles puissent avoir quoi que ce soit à voir avec tout ça, mais on sait à quel point elles sont protectrices envers cette usine.

— D'accord, alors on règle cette dernière crise, et après quoi ? Allons-nous constamment être obligées d'éteindre ces petits incendies quand on s'y attend le moins ? Pourquoi doit-on utiliser cette stupide usine de toute façon ? Tu l'as bien assurée, non ?

Je n'aimais pas où elle voulait en venir avec cette question. — Bien sûr que oui.

— Alors brûlons-la jusqu'aux fondations, dit-elle d'un ton pragmatique.

Je me mis à rire, puis m'arrêtai rapidement quand je réalisai qu'elle ne plaisantait pas. — Non ! Daphne, ne pense même pas à ça. Si cette usine brûle, je viendrai te chercher, l'avertis-je.

Elle haussa les épaules. — Je dis juste qu'elle semble être la source de tous nos problèmes.

— Tu ne peux pas blâmer un bâtiment pour ce que les gens font.

— D'accord. Va faire ce que tu dois faire. Je garderai la boutique. Sois prudente, Violet. J'ai le sentiment que tu vas encore être suspecte.

— Je sais, et je le serai. Je t'appellerai si je découvre quelque chose. Merci, Daphne.

Avec un signe de la main, j'attrapai rapidement mon sac à main et partis.

CHAPITRE DEUX

—Est-ce que Harold est là ? ai-je demandé à la femme âgée qui tenait l'accueil du bureau du shérif.

— Harold ! a-t-elle hurlé.

Harold est apparu quelques secondes plus tard et m'a fait signe d'entrer dans son bureau. Je l'ai suivi, à peine nerveuse de me retrouver une fois de plus dans le bureau du shérif. Au moins, je m'étais habituée à lui maintenant.

— Bonjour, Violet. Je suppose que ta mère t'a trouvée ?

— Je n'étais pas vraiment cachée. Tu sais où me trouver la plupart du temps, ai-je fait remarquer.

— Eh bien, je ne pense pas qu'il soit approprié d'entrer dans ton lieu de travail pour t'interroger sur une enquête de meurtre.

J'ai levé les yeux au ciel avant de compter silencieusement jusqu'à dix. Harold avait cette façon de me faire sentir coupable simplement d'exister. Après avoir pris une profonde inspiration, j'ai fixé mon regard sur lui, observant ses yeux bruns et sa carrure solide. Harold était chauve depuis aussi longtemps que je pouvais me souvenir, et ça lui allait bien.

— Shérif Smith, ai-je dit, utilisant son nom officiel plutôt que la façon plus familière dont nous nous parlions généralement, j'ai besoin de savoir ce qui se passe et pourquoi vous estimez nécessaire de m'interroger.

Il a hoché la tête, s'est adossé à sa chaise et a posé ses mains croisées sur son ventre. — Je comprends, Mademoiselle Broussard. Voilà la situation : votre usine cause quelques problèmes. Un autre homme est mort, et ses amis pointent du doigt l'usine.

— Pourquoi ?

— C'est une bonne question. Quelque chose semble un peu louche. Je n'ai pas encore de preuves concrètes, mais, entre nous, l'un des hommes qui connaissait la victime a dit qu'il aurait fouiné autour de votre usine. Personne n'avoue quoi que ce soit précisément, mais je suis sûr que ce n'est qu'une question de temps avant que l'un d'eux craque et me raconte la véritable histoire.

J'ai soupiré. — Har... Shérif Smith, je suis vraiment désolée d'apprendre qu'une personne est décédée, mais pourquoi ne pas inculper ces types pour violation de propriété ?

Il a haussé les épaules. — Il me semble que je n'ai pas besoin de les inculper, ils ont tendance à mourir après une visite là-bas.

Ma mâchoire est tombée. — Vous savez que ce n'est pas vrai !

— Non, je n'en sais rien du tout. Nous attendons les résultats de l'autopsie et nous n'en sommes qu'au début de l'enquête. Je pense que vous devriez être honnête et me dire ce que vous savez, a-t-il dit en se penchant en avant et en me regardant droit dans les yeux.

— Je ne sais rien ! Je ne sais pas qui vous pensez que je suis, mais je vous promets que mes plus grands crimes sont de conduire un peu trop vite parfois et d'ajouter un peu trop de sucre dans mes recettes !

Il m'a regardée, sans ciller, pendant ce qui semblait être une éternité. — Peut-être que ce n'est pas vous. Peut-être que ce sont les personnes que vous fréquentez.

J'ai secoué la tête. — À moins que vous n'ayez des questions précises à me poser, je vais partir. Je n'aime pas ce que vous insinuez.

— Venez avec moi à l'usine, a-t-il dit.

— Encore ? La dernière fois que nous y sommes allés, nous n'avons rien trouvé. Que pensez-vous découvrir cette fois ?

— Je ne sais pas, mais j'ai l'intuition que cette usine est au cœur de cette mort. Je pense que vous le savez aussi, c'est pourquoi vous vous êtes précipitée ici si vite.

— Je suis venue parce que je suis une citoyenne respectueuse des lois et quand ma mère m'a dit que vous vouliez me parler, je suis venue. Je n'ai rien à cacher.

— Une visite rapide, allez. Je veux inspecter les lieux, mais je n'ai pas de mandat... pour l'instant. Vous pourriez faciliter les choses et me laisser regarder. De cette façon, je pourrais éliminer l'usine comme scène de crime et orienter mon enquête ailleurs.

J'ai poussé un long soupir. J'étais pratiquement convaincue qu'il n'y avait rien à trouver à l'usine. Notre salle de réunion secrète était bien camouflée. Il valait mieux affronter le problème directement.

— D'accord. Quand ?

— Maintenant.

— Bien sûr. Je vous retrouve là-bas.

— Vous êtes la bienvenue à monter avec moi, a-t-il dit d'un ton amical.

— Non, merci. Je conduirai.

Je n'allais pas monter dans son véhicule et être à sa merci. Je n'étais pas une criminelle. J'espérais seulement pouvoir en dire autant de ma mère et ses amies. Elles me rendaient nerveuse.

Suivant le shérif jusqu'à l'usine, je me suis dirigée vers la porte principale, évitant l'entrée que nous utilisions pour les réunions secrètes du coven. Je n'avais pas entièrement confiance dans les capacités d'observation de Harold, mais même un enfant pourrait voir les empreintes de pas autour de la zone de la porte. La porte lui était invisible, mais pas les empreintes. *Nous devons faire un meilleur travail pour dissimuler nos visites*, me suis-je dit.

Utilisant mes clés, j'ai ouvert l'énorme cadenas et poussé la porte. La poussière nous a accueillis. La lumière du soleil tombait à travers les hautes fenêtres, illuminant les particules de poussière flottant dans l'air et les toiles d'araignée drapées dans les coins. Cela donnait l'impression que personne n'avait perturbé cet endroit depuis un moment.

— Nous y voilà, ai-je dit en écartant largement les bras. Regardez autour de vous. Dites-moi si vous voyez quelque chose de sinistre. La poussière est brutale, mais je ne pense pas qu'elle puisse être responsable de la mort de qui que ce soit.

Il m'a fixée d'un regard peu amusé. J'ai haussé une épaule en réponse.

— La dernière fois que nous étions ici, nous ne sommes pas descendus à la cave, a-t-il annoncé.

Mon estomac a fait un bond. — Quoi ?

— Nous avons vérifié les étages supérieurs, mais nous ne sommes jamais allés à la cave, a-t-il répété.

Ma bouche s'est asséchée. — Oh, eh bien, puisque l'homme qui est mort ici était à l'étage, toute personne prudente supposerait que c'est là que nous devions chercher.

Harold a posé ses mains sur ses hanches, son regard balayant l'immense sol ouvert de l'usine. — Je veux regarder dans la cave. Si je cachais quelque chose, c'est là que ce serait.

J'ai acquiescé. — D'accord, mais je n'y suis jamais allée. Nous allons avoir besoin d'une lampe de poche, ai-je dit, gagnant du temps.

Il en a sorti une de sa poche. — J'ai toujours une lampe de poche.

— Oh, bien. Super. La porte est par là, ai-je dit, montrant la porte près des escaliers.

Je regardai vers la porte par laquelle nous entrions et sortions de notre salle de réunion secrète. Cette pièce n'occupait qu'une fraction de l'espace sous l'usine. Je n'avais aucune idée de l'aspect réel du sous-sol, mais j'espérais que notre espace secret ne serait pas évident à l'œil nu. À ce stade, je m'en remettais à la foi. Ma mère et ses amies, qui en savaient bien plus sur leurs pratiques de sorcellerie, m'avaient assuré que la salle de réunion du coven était dissimulée par magie depuis des siècles. Apparemment, elle se trouvait autrefois dans le sous-sol d'une maison qui avait été démolie pour faire place à l'usine qui s'y dressait maintenant.

J'espérais qu'elles avaient raison.

Harold marcha jusqu'à la porte du sous-sol et l'ouvrit sans effort. — Tu devrais peut-être la verrouiller.

— Les gens ne devraient peut-être pas entrer par effraction, rétorquai-je.

— Tout de même.

— Il y a un énorme cadenas sur la porte d'entrée. Si un intrus passe outre, ce n'est pas une petite serrure qui l'empêchera d'aller au sous-sol s'il le veut, fis-je remarquer.

Il marmonna quelque chose que je ne compris pas. Je n'avais pas envie de débattre de ce point avec lui. Bien que ce soit horrible qu'un homme soit mort ici et qu'apparemment quelqu'un soit mort après avoir visité cet endroit, cela ne rendait pas l'entrée par effraction acceptable pour autant.

Nous descendîmes les escaliers métalliques industriels. La puanteur de moisi et de poussière était écrasante. Je suivis la lumière d'Harold, faisant de mon mieux pour ne pas toucher la rampe. Une fois arrivés en bas, il promena sa lampe de poche, le faisceau rebondissant sur des zones poussiéreuses. Je pouvais voir des étagères avec des boîtes qui ressemblaient à celles que j'avais vues aux étages supérieurs.

— Du stockage, dis-je, énonçant l'évidence.

Harold commença à se déplacer, et je suivis la lumière, ne voulant pas rester seule dans l'obscurité.

— Je ne vois pas de toiles d'araignée, déclara-t-il.

— C'est une mauvaise chose ? demandai-je, stupéfaite. Personnellement, l'absence de toiles d'araignée me convenait parfaitement. L'odeur de moisi et l'obscurité étaient déjà assez perturbantes. Je n'avais pas besoin de quoi que ce soit d'autre pour rendre l'endroit super effrayant.

— Ces enquêteurs paranormaux sont vraiment obsédés par cette usine. J'ai discuté avec George à quelques reprises. Il est convaincu qu'il y a quelque chose à trouver ici, dit-il. Il parlait avec désinvolture, mais je sentais qu'il essayait de me faire dire quelque chose.

— Je ne sais pas pourquoi il penserait cela, répondis-je, remarquant des boîtes empilées de manière désordonnée sur le sol. Chacune semblait avoir été fouillée. Je suivis la lumière d'Harold et pus voir que la majorité des boîtes étaient soigneusement rangées sur les étagères et fermées avec du ruban adhésif.

Je gardai mon observation pour moi. Si Harold l'avait remarqué, il n'en fit pas mention. Je ne voulais pas lui donner plus de raisons de fouiller minutieusement l'usine, surtout le sous-sol. Sa lampe de poche balaya le sol. Je laissai échapper un cri étouffé à la vue d'empreintes de pas clairement visibles dans l'épaisse poussière.

— Qu'est-ce qui ne va pas ? demanda Harold.

Il n'avait pas remarqué. Dieu merci. — Rien. C'est la poussière qui me dérange. As-tu vu suffisamment ?

Il resta silencieux pendant plusieurs longues secondes, la lumière dansant sur les étagères remplies de boîtes. — Qu'est-ce que c'est que toutes ces affaires ? demanda-t-il.

— Je ne sais pas. Je suppose que ce sont d'anciennes fournitures de fabrication. Ma grand-mère a fermé l'usine il y a des décennies. Je devrais peut-être passer par ici et voir ce que je peux vendre, réfléchis-je.

— Ce serait peut-être une bonne idée, mais je doute que tu puisses vendre quoi que ce soit de tout ça, répondit-il, continuant à déplacer la lampe de poche.

Toussant à nouveau, j'espérais qu'il comprendrait l'allusion. — J'ai vraiment besoin de prendre l'air.

— D'accord. Il faudra peut-être que je jette un meilleur coup d'œil ici en bas. Je devrai apporter de l'éclairage. Je ne vois pas grand-chose avec cette lampe de poche, dit-il.

L'inquiétude frémit dans ma poitrine. Je ne savais même pas ce que je devais cacher à part la salle de réunion du coven, mais je n'aimais pas l'idée qu'il fouine partout. — Ah bon ?

— Oui.

Il n'offrit rien de plus. Nous étions tous les deux sur nos gardes, et j'avais le sentiment qu'il était méfiant à mon égard.

— On dirait qu'il n'y a rien d'autre qu'un tas de vieilles boîtes. Je ne sais pas ce que tu t'attends à trouver. Si ces soi-disant enquêteurs paranormaux s'intéressent à l'usine, ne serait-ce pas quelque chose de plus évident ? répliquai-je.

— Il semble que la définition du paranormal soit précisément que ce *n'est pas* évident. Ils ont des équipements spéciaux et ce genre de choses, fit-il remarquer.

Je feignis la stupidité. — Des équipements, vraiment ? Je n'ai rien vu de tel ici en bas.

— Non, je suppose que non. Nous verrons où l'enquête nous mènera. Une fois que nous saurons comment le jeune homme est mort, nous pourrons concentrer notre investigation. Ce George a l'air louche, mais je ne pense pas qu'il tue délibérément ses amis.

Harold se tourna enfin pour partir. Suivant la lumière qui filtrait, je remontai les escaliers. Je n'aimais pas beaucoup le sous-sol et n'appréciais certainement pas d'y être avec un policier fouineur. Toute la situation me mettait mal à l'aise.

— Je n'aime pas beaucoup George, mais je ne m'inquiète pas pour quoi que ce soit de surnaturel. Je pense que les gens croient ce qu'ils veulent et c'est bien. Cependant, s'il s'avère que lui et ses amis sont à nouveau entrés dans l'usine, je devrai prendre des mesures contre lui, dis-je, avec toute l'autorité que je pouvais rassembler.

— Nous verrons bien, répondit Harold.

Je me dirigeai vers la porte, espérant qu'Harold comprendrait l'allusion et me suivrait. Il n'en fit rien. Il commença à marcher autour des machines au rez-de-chaussée, les examinant attentivement avant de s'enfoncer davantage dans l'usine.

— Harold ? appelai-je.

Il s'arrêta, se retourna et revint vers moi. J'attendais qu'il me dise ce qu'il faisait, mais il ne le fit jamais.

— Je te ferai savoir si j'ai besoin d'accéder à nouveau aux lieux, dit-il en se dirigeant vers son camion. En attendant, je garderai un œil vigilant sur cet endroit.

J'avalai la boule qui s'était formée dans ma gorge. — C'est une excellente idée. J'apprécierais que tu fasses ce que tu peux pour empêcher les intrus d'entrer.

Il monta dans son camion et s'éloigna. Je mis rapidement le cadenas sur la porte, le vérifiai deux fois, puis retournai à ma voiture. Je ne pouvais nier le sentiment de mauvais présage qui m'envahissait. Je ne savais pas si c'était parce qu'un homme était mort après avoir visité l'usine, ou si c'était un pressentiment que de mauvaises choses allaient arriver. Quoi qu'il en soit, cela ne me plaisait pas du tout et je voulais m'éloigner de cet endroit autant que possible.

CHAPITRE TROIS

Un vrai jour de congé, quel soulagement ! Nous avions pris l'habitude de fermer la boulangerie le dimanche. C'était notre jour le plus calme et cela avait du sens. Daphne m'avait appelée pour me demander si nous pouvions nous retrouver pour un café. Je savais qu'elle voulait savoir ce qui s'était passé avec Harold hier. Je lui avais envoyé un texto rapide pour lui faire savoir que tout allait bien, mais j'aurais dû me douter que cela ne l'apaiserait pas longtemps.

J'aurais préféré traîner à la maison toute la journée, mais elle voulait potiner, et nous devions garder l'oreille ouverte pour d'autres informations que nous pourrions glaner. Le Crooked Coffee était un véritable nid d'informations. Tout le monde en ville le savait. Si vous vouliez connaître les dernières nouvelles de la ville, c'était l'endroit idéal.

Quand je suis entrée dans le café – pratiquement relié au bureau de poste – j'ai pu constater que l'endroit bourdonnait d'activité. Depuis que Daphne avait fait installer une machine à café à la boulangerie, je ne fréquentais plus aussi souvent le café le plus populaire de la ville. Daphne m'a fait signe, et je me suis dirigée vers la petite table dans le coin qu'elle avait réquisitionnée.

— Tiens, dit-elle en me présentant une tasse de café fumant. Cet endroit est bondé. Tu crois que c'est parce qu'on est fermés aujourd'-

hui, ou c'est comme ça tous les matins et je ne m'en suis jamais rendu compte avant ? Si c'est comme ça tous les jours, on doit vraiment améliorer notre offre de café. Ces gars cartonnent.

J'ai haussé les épaules. — Je ne sais pas. C'est probablement parce qu'on est fermés. Beaucoup de ces gens ont l'air d'être des touristes. Ils se dirigent sûrement vers la Nouvelle-Orléans et se sont juste arrêtés pour un café, ai-je répondu. Bien que j'appréciais l'enthousiasme de Daphne pour améliorer notre offre de café, je n'étais pas vraiment concentrée là-dessus pour le moment. J'avais d'autres problèmes en tête.

— Bon, allons droit au but, a dit Daphne.

— Hein ? Je ne suivais pas son changement de sujet rapide.

— Dis-moi ce que Harold t'a dit. Est-ce qu'il t'a demandé si tu savais quelque chose ? Est-ce qu'il est suspicieux ? Tu es allée à l'usine avec lui, alors qu'est-ce qui s'est passé ?

J'ai levé une main pour arrêter ce barrage de questions rapides. Je n'ai même pas pris la peine de demander comment elle savait que j'étais allée à l'usine, bien que j'aie le sentiment que ma mère ou l'une des autres sorcières avait espionné. Il y avait toujours quelqu'un qui surveillait, ce que je trouvais à la fois déconcertant et réconfortant.

— Il est convaincu que George et ses copains enquêteurs du surnaturel y étaient pour chercher leurs fantômes et leurs gobelins, ou quoi que ce soit qu'ils espèrent trouver. Je ne voulais pas y aller, mais il a menacé d'obtenir un mandat de perquisition.

— Oh là là, il prend vraiment ça au sérieux !

J'ai baissé la voix en un murmure, ne voulant pas être entendue. — Il voulait descendre au sous-sol.

Daphne a poussé un cri étouffé. — Oh non !

— Je ne pense pas qu'il sache quoi que ce soit sur la pièce secrète, alors Dieu merci pour ça, ai-je dit, en faisant une pause pour boire une gorgée de mon café.

— Pourquoi suggérerait-il le sous-sol s'il ne soupçonnait pas qu'il y a quelque chose là-bas ? Peut-être que George a trouvé notre pièce ou soupçonne qu'elle est là, a-t-elle dit, le front plissé d'inquiétude.

— Je ne pense pas. Il voulait juste jeter un coup d'œil. Ce n'est pas comme s'il pouvait voir grand-chose avec la lampe de poche qu'il avait de toute façon. Bien qu'il ait mentionné qu'il reviendrait avec un meilleur éclairage. Je ne pense pas qu'il y avait quoi que ce soit à voir. Il cherche à tout hasard. Le sous-sol semble être un endroit assez évident pour des magouilles, ai-je plaisanté.

— Eh bien, tu ne vas pas aimer ce que j'ai à te dire, a-t-elle dit.

J'ai gémi. — Tu as entendu autre chose ? S'il te plaît, ne me dis pas qu'il y a des instruments de torture là-bas.

— Euh, pas à ma connaissance, mais oui, j'ai entendu plus et ce n'est pas bon. Pas pour nous, en tout cas.

J'ai avalé mon café. — Accouche.

— Le jeune Harry est mort d'une crise cardiaque, a commencé Daphne.

— Une crise cardiaque ? Quel âge avait-il ?

— Dix-neuf ans.

— Oh non ! Est-ce qu'il se droguait ? Une sorte de maladie héréditaire ? S'il est mort d'une crise cardiaque, pourquoi y a-t-il une enquête ? ai-je demandé, confuse.

Daphne a secoué la tête. — Non, ils ne pensent pas. Sa petite amie a fait un scandale. Elle insiste sur le fait que Harry ne se droguait jamais. Elle est à la Nouvelle-Orléans et n'est pas vraiment venue ici, mais c'est la rumeur. Oh, et sa famille arrive de New York demain. J'ai l'impression qu'ils vont aussi remuer la poussière. La rumeur dit qu'il était en parfaite santé avant de venir à Lemon Bliss. Certains disent même qu'il aurait pu être empoisonné. Il va y avoir une enquête formelle par le médecin légiste de l'État.

Je pouvais sentir le sang quitter mon visage tandis que des millions de scénarios différents se bousculaient dans ma tête. — Tu ne penses pas qu'il a vraiment été empoisonné, n'est-ce pas ? Comment ? Qui ferait une chose pareille ?

Daphne a soupiré et a lentement secoué la tête. — J'espère que personne ne ferait ça. C'est affreux.

J'ai bu une gorgée de café tout en digérant l'information. Le fait que Harold s'intéressait à l'usine et que les enquêteurs du surnaturel aient admis y être allés m'inquiétait. Je ne pouvais pas me résoudre à dire les mots. C'était impensable.

— Tu ne penses pas que nos mères ont quelque chose à voir là-dedans, n'est-ce pas ? Est-ce qu'elles empoisonneraient quelqu'un pour protéger notre secret ? ai-je murmuré.

— Non ! a dit Daphne avec force. Violet, vraiment ? Tu ne peux pas vraiment croire ça.

J'ai penché la tête sur le côté et l'ai regardée. — Ma mère m'a dit qu'elle ferait à peu près n'importe quoi pour protéger le coven. Peut-être que le poison n'était pas censé le tuer. Peut-être qu'elles voulaient juste le rendre malade et les choses sont allées trop loin. Ça pourrait être Lila. On sait à quel point elle prend au sérieux la protection de nous tous.

Daphne secoua la tête. — Pas possible. Je refuse de croire que l'un d'entre eux pourrait faire une chose pareille. Ils ne sont pas mauvais. Ils sont un peu fous, mais ils ne feraient jamais de mal à qui que ce soit. Tu dois me croire. Je refuse de penser qu'ils feraient du mal à quelqu'un. Ce n'est pas parce qu'ils se sont sentis menacés que ça change qui ils sont.

— J'aimerais croire que ce n'est pas possible, mais ma mère a dit qu'elle surveillait l'usine. Ça semble un peu trop être une coïncidence.

— Violet, tu connais ta mère. Je pense que c'est une triste coïncidence. Le médecin légiste trouvera probablement une condition sous-jacente. Ou peut-être qu'une analyse toxicologique révélera qu'il avait quelque chose dans son système qui a provoqué la crise cardiaque. Il ne serait pas le premier à faire un peu n'importe quoi loin de chez lui. On a tous déjà fait des folies. Parfois, pour quelques malchanceux, ces folies peuvent être fatales, dit-elle d'un ton grave.

— Je suis tellement triste qu'il soit mort. J'espère juste que ça s'avérera être un horrible accident et que ça n'a rien à voir avec nous, nos mères ou cette stupide usine.

— Il va falloir attendre, dit-elle en sirotant son café. En attendant, les rumeurs vont probablement faire augmenter les affaires en ville. Les gens qui s'intéressent au surnaturel vont affluer dans la région pour voir de leurs propres yeux. Ça ne sera pas long avant que l'usine soit au centre de l'enquête et que plus de chasseurs de fantômes s'y intéressent. On devrait penser à l'augmentation des ventes à la boulangerie. Peut-être que cette histoire de chasse aux fantômes ne sera pas si mauvaise.

Je la regardai, consternée. — Bon sang, Daphne !

— C'est terrible que Harry ait eu une crise cardiaque, mais je dis juste, dit-elle, penaude.

— Bah. Je ferais mieux de trouver comment verrouiller l'usine correctement. S'ils étaient vraiment dans l'usine, j'aimerais savoir comment ils sont entrés. Le verrou était toujours en place sur la porte d'entrée. On n'aurait pas dit que quelqu'un y avait touché. Je ne veux plus de morts là-bas, accidentelles ou non.

— Peut-être que Gabriel peut aider ? suggéra-t-elle. Demande-lui de jeter un œil aux alentours et de tout sécuriser. Tu pourrais aussi envisager un système de sécurité.

— Je lui en parlerai. Je dois faire quelque chose. Ça ne peut pas continuer. Mes nerfs ne le supportent pas.

— Tu as dit qu'Harold a promis de faire des patrouilles supplémentaires ?

— Oui.

— Ça pourrait être un problème.

— Comment ? Ça empêche les gens d'entrer par effraction tout le temps, ou au moins, on saura qu'ils sont là-bas et on pourra les chasser.

Elle hocha lentement la tête. — Oui, mais que se passe-t-il si un adjoint voit l'un d'entre nous y entrer ? On ne peut pas avoir de réunions de coven là-bas pendant qu'il est sous surveillance accrue. Ça le rendrait définitivement soupçonneux.

Je soupirai. — Tu as raison. Je vais m'assurer de le dire à ma mère. Elle pourra prévenir les autres. J'ai le sentiment que ça ne les dissuadera pas cependant. Elle m'a dit qu'elles gardaient un œil sur l'endroit, et qu'elles savaient que ces enquêteurs s'y introduisaient.

— Pourquoi ne nous l'ont-elles pas dit ? demanda-t-elle, sa frustration évidente.

— Parce qu'elles nous protégeaient. Elles ne voulaient pas nous déranger puisque nous étions si occupées à la boulangerie, dis-je avec sarcasme.

— C'est ridicule. Si nous avions su, nous aurions pu être un peu plus proactives.

— Je suis d'accord. J'ai vu des empreintes de pas dans le sous-sol, lâchai-je.

Ses yeux s'écarquillèrent. — Quoi ? Pourquoi n'as-tu pas commencé par ça ? Étaient-elles proches de notre salle ?

— Je ne sais pas. Je ne voulais pas attirer l'attention sur la zone. Nous sommes restées près des escaliers et n'avons pas été beaucoup plus loin. Peut-être devrions-nous y retourner ? suggérai-je.

— Pas question ! Je ne vais pas dans un sous-sol glauque, surtout s'il y a du poison qui y traîne. Tu as perdu la tête, dit-elle.

Je ricanai. — Je ne pense pas qu'il y ait quoi que ce soit à craindre à part des tonnes de poussière. J'y étais déjà, et je me sens bien.

— On ne peut pas y aller, Violet. Et si Harold nous voit ?

— C'est mon bâtiment.

Elle secoua la tête. — Je ne veux vraiment pas y aller. Cette usine m'a toujours rendue nerveuse. La seule raison pour laquelle j'y vais, c'est pour les réunions du coven. Je ne pense pas que ce soit un endroit amusant pour traîner. Je suis peut-être une sorcière, mais je n'aime vraiment pas les trucs effrayants. Est-ce que je suis une contradiction totale ?

Je ricanai. — Je ne pense pas. Pas dans le monde d'aujourd'hui. Les sorcières d'aujourd'hui sont toutes amour et lumière, rien à voir avec les chaudrons sombres et tout ça.

— Je n'y vais quand même pas.

— D'accord, tu n'es pas obligée d'y aller. Je ne te mettrai pas la pression.

— Peut-être que Gabriel peut parler avec George ? suggéra Daphne.

J'éclatai de rire. — Je ne pense pas que ça marchera. Ils ne se sont pas vraiment quittés en amis la dernière fois qu'il l'a vu. Savais-tu même que George était encore en ville ? Je pensais qu'il était parti. Je suppose que je n'ai pas vraiment prêté attention à ce qui se passait.

— Tu as une nouvelle entreprise florissante et un petit ami sexy. Tu n'as pas besoin de t'inquiéter de qui fait quoi, dit-elle en haussant les épaules.

— Merci. J'ai l'impression que ma mère pense que je suis une fleur délicate. Toi aussi. Elle a vraiment dit qu'elles ne voulaient pas nous déranger. S'il s'avère qu'il a été empoisonné à l'usine, je me sentirai horrible.

— Ne nous inquiétons pas de tout ça pour l'instant. Une chose à la fois. Les choses ne sont jamais exactement ce qu'elles semblent être.

Je poussai un long soupir. — J'espère. Nous méritons quelques mois tranquilles.

Elle commença à glousser. — Et quand on s'ennuiera, tu regretteras ces jours-ci.

— Ha ! J'en doute.

Elle me fit un clin d'œil. — On verra bien. Tu dois admettre que toutes ces histoires surnaturelles rendent les choses intéressantes.

CHAPITRE QUATRE

Je savais que ce n'était pas une bonne idée. Vraiment, mais ça ne m'a pas empêchée de le faire quand même. Daphne s'occupait de la boulangerie, ce qui signifiait que j'avais un peu de temps libre. La nuit dernière, je n'avais pas pu dormir. Je ne pensais qu'à ce jeune homme mort après s'être introduit dans l'usine. Les paroles de ma mère résonnaient dans mon esprit, tournant en boucle. Ça allait me rendre folle si je n'allais pas voir par moi-même. Je devais savoir à quoi j'avais affaire.

Un énorme problème était que je craignais de ne pouvoir faire totalement confiance à personne. Chacun semblait avoir son propre agenda quand il s'agissait de protéger le coven et notre petit secret. Pas si petit, en fin de compte. Notre secret pourrait dévoiler un passé qui briserait des familles à jamais. Je pouvais protéger le secret familial, mais pas un meurtrier.

Après avoir stressé toute la nuit sur ce que je devais faire, je me suis finalement levée et habillée d'un vieux jean, d'un t-shirt et d'une paire de baskets solides. J'avais une enquête à mener. En me rendant à l'usine, je me suis garée juste devant, bien en vue. Si Harold ou l'un de ses adjoints apercevait ma voiture, je pourrais facilement justifier ma présence. Je ne voulais pas donner l'impression de rôder ou d'essayer de me cacher.

Ma grosse lampe torche à la main, je me suis dirigée vers la porte qui menait aux escaliers descendant à la cave. C'était effrayant, sans aucun doute, mais je ne craignais ni fantômes ni autres créatures surnaturelles. C'était plutôt la variété humaine qui m'inquiétait.

Allumant la lampe torche, j'ai suivi le faisceau lumineux dans les escaliers, le promenant sur le sol puis vers le haut.

Détends-toi, Violet. Il n'y a personne ici, me suis-je dit quand j'ai cru entendre un bruit.

C'était dans ma tête. Ça devait l'être. La porte était fermée à clé, donc personne n'aurait pu entrer. Je me suis enfoncée plus profondément dans la cave, examinant les étagères et jetant un œil dans les cartons ouverts. Je n'ai rien trouvé qui paraissait dangereux ou même vaguement intéressant.

— C'est stupide, ai-je marmonné avant de commencer à rebrousser chemin.

Sur un coup de tête, j'ai décidé de vérifier notre lieu de réunion secret. Je savais que c'était dangereux, surtout si quelqu'un nous surveillait, mais je voulais voir s'il y avait des signes d'effraction. À quoi cela ressemblerait, je n'en avais aucune idée, mais je devais voir par moi-même.

J'ai éteint ma lampe torche et j'ai commencé à traverser le sol de l'usine, contournant les machines lourdes au passage.

Un éclair violet dans ma vision périphérique m'a fait sursauter et presque crier. J'ai pivoté, ma lampe torche prête à frapper.

— Lila ! Qu'est-ce que tu fais ici ? ai-je crié.

— Qu'est-ce que tu fais ici, toi ? a-t-elle rétorqué, une main pressée contre sa poitrine.

— Tu m'as fait peur ! Personne n'est censé être ici. Tu as perdu la tête ? ai-je hurlé.

— Détends-toi. Calme-toi, a-t-elle dit, prenant plusieurs respirations profondes.

J'ai baissé ma lampe torche. — Lila, tu ne peux pas être ici.

— Je sais, je sais, mais je voulais vérifier les choses. Personne ne m'a vue entrer.

— Comment peux-tu en être sûre ? ai-je demandé. Tu es venue à pied ? Où est ta voiture ?

— Ma voiture est garée derrière.

J'ai gémi. — Génial, ça n'aura rien de suspect. Quand Harold passera et verra ta voiture à la porte arrière, il ne trouvera pas ça étrange du tout, ai-je dit en levant les yeux au ciel.

Elle a agité une main en l'air, balayant mes inquiétudes. — Fais-moi confiance ma chérie, il ne verra pas ma voiture.

J'ai levé les yeux au ciel. — De la magie ?

Elle m'a fait un clin d'œil en réponse.

— Super. Alors, pourquoi es-tu ici ? lui ai-je demandé à nouveau.

— Eh bien, j'ai entendu les rumeurs et je voulais m'assurer que nous étions en sécurité. Et puis, je voulais vérifier qu'aucun de ces enquêteurs ne fouinait. Tu devrais vraiment trouver un moyen de sécuriser cet endroit, ma chérie, m'a-t-elle sermonnée.

J'ai réprimé l'envie de hurler que c'était des gens comme elle qui continuaient à s'introduire ici. — Je ne sais pas par où ils entrent. C'est précisément la raison pour laquelle je suis ici.

Elle a acquiescé. — Eh bien, ça doit être une de ces fenêtres. Les portes sont bien fermées à clé.

J'ai hoché la tête en accord. — Je vais vérifier toutes les fenêtres du bas, alors. Elles s'ouvrent toutes, non ?

Elle a haussé les épaules. — Je ne sais pas, ma chérie. Je n'ai jamais travaillé à l'usine.

Nous nous sommes dirigées vers le mur et avons commencé à vérifier chaque fenêtre à châssis.

— Regarde ! ai-je dit, en pointant une des fenêtres. Elle était ouverte d'un tout petit centimètre. Il y avait un bureau poussé contre le mur sous la fenêtre.

Lila a examiné le bureau. — Eh bien, je crois que tu as trouvé le point d'entrée. Regarde ces traces de pas. On dirait qu'ils ont dansé une valse là-dessus.

— Je vais la fermer à clé, mais je suppose que je vais devoir trouver quelque chose de plus permanent. On ferait mieux de vérifier le reste des fenêtres.

Nous avons marché le long du mur, cherchant tout signe indiquant que d'autres fenêtres auraient pu servir de points d'accès. Nous n'avons rien trouvé de suspect. Nous nous sommes retrouvées devant la porte menant à notre salle de réunion secrète. C'était une porte ordinaire que nous pouvions voir, mais que quiconque n'appartenant pas à notre coven ne verrait pas. Ils verraient un mur à la place.

— Est-ce qu'ils peuvent sentir la poignée ? ai-je demandé, mon esprit en ébullition.

— Quoi ? a demandé Lila, la confusion sur son visage.

— Si ces enquêteurs passaient leurs mains le long du mur, pourraient-ils sentir la poignée de la porte ? ai-je demandé, le cœur battant la chamade.

Le regard de Lila s'est détourné avant qu'elle ne soupire. — C'est protégé par la magie, mais quelqu'un avec des pouvoirs pourrait peut-être découvrir que cette pièce existe. C'est une possibilité très mince.

Super, vraiment super.

Elle tendit la main et ouvrit la porte. Nous nous sommes précipitées dans les escaliers et dans la pièce secrète.

— Je ne vois rien d'anormal, ai-je dit en allumant la lumière et en scrutant le petit espace.

Lila fit lentement le tour, examinant les canapés et les fauteuils avant de se diriger vers la cuisine improvisée où nous nous entraînions à jeter des sorts.

— Lila ? ai-je demandé avec inquiétude quand elle n'a rien dit.

J'ai attendu pendant qu'elle se déplaçait dans la zone avant de se diriger vers le fond de la pièce. Je supposais qu'elle utilisait ses sens pour détecter la présence d'un étranger.

— Je ne pense pas que quelqu'un ait découvert cette pièce, a-t-elle finalement déclaré.

J'ai poussé un soupir de soulagement. — Tant mieux. Nous devons réfléchir à un moyen de rendre cet endroit plus sécurisé.

Elle m'a dévisagée. — Les chances que quelqu'un la trouve sont extrêmement faibles. Il faudrait qu'ils aient des pouvoirs.

Même cette infime possibilité semblait trop risquée. Une vulnérabilité que nous ne pouvions pas nous permettre.

Elle s'est laissée tomber sur l'un des canapés et a renversé sa tête en arrière.

— Qu'est-ce que tu fais ? Nous devons sortir d'ici au cas où Harold verrait ma voiture et viendrait me chercher. Je n'ai pas fermé la porte d'entrée à clé.

— Oh, Harold. Comme ce homme me manque, dit-elle, d'un ton légèrement haletant.

M'enfonçant dans le canapé à côté d'elle, j'ai jeté un coup d'œil dans sa direction. — Je suis désolée, Lila. Je sais que tu tiens à lui.

Elle m'a adressé un doux sourire, le regard rêveur. — C'est vrai. J'ai toujours tenu à lui. Mais il ne semble jamais vraiment me voir. Il voit une femme excentrique qu'il ne pourrait jamais prendre au sérieux.

J'ai souri. — Il t'a prise assez au sérieux quand il était sous l'effet de ce sort.

— C'était très agréable, mais ce n'était pas naturel.

— Tu as dit que le sort n'aurait pas été aussi efficace s'il n'y avait pas eu un petit quelque chose pour l'aider. Le sort n'a fait qu'amplifier ce que vous ressentiez l'un pour l'autre. Il a supprimé ces barrières que nous mettons tous autour de nos cœurs, lui ai-je dit, pensant chaque mot. Soudain, je m'intéressais à la romance entre Lila et Harold. Doux thé, à quoi pensais-je ?

— C'est un homme bien, même s'il essaie toujours de nous coincer, a-t-elle dit avec un clin d'œil.

J'ai ri. — C'est vrai. Pourquoi ne pas jeter un autre sort ?

— Non ! Je ne pourrais pas faire ça, a-t-elle protesté.

— Pourquoi pas ? Y a-t-il une version plus légère ? Un sort qui l'aiderait simplement à te voir telle que tu es et lui rappellerait ce qu'il aime chez toi ?

Elle a secoué la tête. — Je ne sais pas, mais je sais que je ne veux pas qu'il tombe amoureux de moi à cause d'un sort. S'il ne peut pas me voir et m'aimer pour ce que je suis sans œillères magiques, alors je ne le veux pas.

— Il a juste besoin d'un petit coup de pouce dans la bonne direction, ai-je rétorqué.

Quand elle m'a regardée à nouveau, j'ai pu voir la lueur de larmes dans ses yeux. — Ce coup de pouce doit venir de l'intérieur. Je ne suis pas contre le fait de flirter outrageusement avec lui, ou d'essayer de le séduire avec quelques friandises, mais je n'utiliserai pas la magie. Nous avons toutes appris que la magie n'est pas la solution quand il s'agit d'amour. Tu as fait les choses correctement avec Gabriel.

— Que veux-tu dire ?

— Il est tombé amoureux de toi pour ce que tu es. Il n'était pas sous l'effet d'un sort ou d'un charme. Il t'a vue ce jour-là au bureau de poste et a immédiatement été conquis.

Je n'étais pas si sûre que Gabriel soit déjà amoureux de moi, mais ce n'était pas son propos. — Peut-être, mais il connaissait la magie et les sorcières. Il n'avait pas de préjugés contre moi. Je pense que c'est le problème avec Harold. Il en a.

— C'est exactement notre problème, parce que la plupart des gens en ont. La plupart des sorcières sont destinées à être seules comme celles qui nous ont précédées. C'est la malédiction d'être une sorcière.

Mon cœur s'est serré en l'entendant parler avec tant de tristesse. — J'espère que ce n'est pas le cas. Si c'est vrai, cela signifie que Gabriel et moi ne pourrons pas fonctionner. Je ne suis pas prête à dire qu'il est amoureux de moi, mais je préfère ne pas penser que nous n'avons même pas une chance dès le départ.

Elle a souri et posé une main sur mon genou. — Gabriel est différent. Vous deux pourriez bien réussir. Il comprend qui tu es et n'a pas de problème avec ça. C'est ce qui fait toute la différence.

— J'espère. Je suis sûre qu'il y a des hommes qui sont prêts à t'accepter telle que tu es. Ça va juste demander un peu de travail pour les trouver. Peut-être avons-nous besoin d'un site de rencontres pour célibataires magiques.

Elle a renversé sa tête en arrière et a ri. — Oui, c'est ce qu'il nous faut. Inscris-moi.

— Ça va s'arranger, Lila. Je le sais. Tu dois faire en sorte qu'Harold te voie comme la femme belle, amusante et légèrement excentrique que tu es.

Elle a soupiré. — Si seulement c'était aussi facile. Cet homme semble aveugle quand il s'agit de moi. C'est comme s'il me regardait sans me voir.

— Force-le à te voir. As-tu essayé de lui dire ce que tu ressens ?

Elle a paru consternée. — Par les étoiles, non ! Es-tu folle ?

J'ai ri. — Probablement un peu. Regarde la compagnie que je fréquente.

Elle m'a lancé un regard espiègle. — Je vais dire à ta mère ce que tu viens de dire.

— On devrait probablement y aller. Ta voiture est peut-être dissimulée, mais la mienne est juste dehors, bien visible.

À son signe de tête, nous nous sommes levées ensemble et sommes sorties. Nous nous sommes arrêtées sur le palier pour nous assurer que nous n'entendions personne bouger au-delà de la porte.

— La voie est libre, ai-je chuchoté.

— Si la voie est libre, pourquoi chuchotes-tu ? a répondu Lila en chuchotant aussi.

J'ai explosé de rire. — Je ne sais pas. Je me sens toujours si scandaleuse quand je viens ici.

— Prends soin de toi, ma chérie. Ne t'inquiète pas pour cette vieille usine. Nous allons tous garder un œil sur les choses. Nous ne laisserons personne découvrir notre secret, dit-elle en se dirigeant vers la porte arrière de l'usine.

Avec un signe de la main, je me suis dirigée vers la porte d'entrée. C'était ça le problème. Sa promesse était ce qui me terrifiait. Je m'inquiétais de savoir jusqu'où ces enquêteurs surnaturels pourraient aller.

En m'éloignant au volant, mes pensées sont revenues à Lila. Elle semblait seule. Si seulement il y avait un moyen d'apaiser sa solitude.

— Non ! ai-je stoppé net le cours de mes pensées.

Doux Jésus, je pensais exactement comme eux. C'était la magie. Avoir des pouvoirs pour manier cette magie pouvait pousser les gens à faire des choses plutôt folles. Je devais me surveiller. Je ne voulais pas me retrouver à agiter ma baguette magique proverbiale chaque fois que je rencontrais un problème. Le reste de la population se débrouillait sans, je pouvais le faire aussi.

CHAPITRE CINQ

La journée avait filé à toute vitesse et, comme d'habitude, je m'étais retrouvée à la boulangerie alors que c'était mon jour de congé. J'avais informé Daphne de la fenêtre ouverte que nous avions découverte et de ma conversation avec Lila. Daphne était partante pour nous aider à réconcilier Harold et Lila. Nous étions appuyées contre le comptoir d'accueil, sirotant du café préparé avec la précieuse machine à café sophistiquée de Daphne.

Avec un soupir, je me redressai. — Je ferais mieux d'y aller. Gabriel doit venir me chercher à cinq heures. On va dîner au Ruby Red.

— Oooh, chic, dit-elle en remuant les sourcils d'un air suggestif.

Je gloussai. — Ouais, aussi chic que le Ruby Red peut l'être, en tout cas. À demain, dis-je avec un signe de la main en me dirigeant vers la sortie.

J'arrivai chez moi avec à peine assez de temps pour prendre une douche rapide. Gabriel frappa juste au moment où j'enfilais mes chaussures.

— Tu es magnifique, dit-il dès que j'ouvris la porte.

Je souris. — Tu n'es pas mal non plus. Tu te soignes plutôt bien, en fait, le taquinai-je.

Il m'adressa un grand sourire et baissa la tête pour capturer mes lèvres dans un baiser. — Prête ?

— Oui, je prends juste mon sac.

Je pris soin de vérifier la porte arrière et la porte d'entrée pour m'assurer qu'elles étaient bien verrouillées avant de partir. Ça ne m'avait jamais semblé si important auparavant, mais avec les événements récents, je ne voulais prendre aucun risque. Si ces enquêteurs rôdaient dans les parages, ils pourraient décider que j'étais impliquée dans les affaires surnaturelles à cause de mon lien avec l'usine. Je ne pouvais pas me permettre de prendre des risques.

Surtout que j'étais effectivement dotée de pouvoirs surnaturels. De temps en temps, ce fait me stupéfiait encore.

J'étais contente que nous allions dîner hors de la ville. Être en ville était parfois difficile. Tout le monde connaissait tout le monde et quand il y avait un gros potin comme maintenant, c'était difficile d'avoir un moment de tranquillité. Je voulais me détendre et profiter de mon dîner avec mon petit ami, pas répondre à vingt questions sur l'usine et ce que je pourrais savoir ou non sur la crise cardiaque du pauvre Harry.

Une fois installés avec nos boissons, je me penchai en arrière sur ma chaise et regardai Gabriel. Avec ses cheveux châtain clair et ses yeux bleus, il était agréable à regarder, comme dirait ma mère.

—J'ai croisé Harold cet après-midi, commenta-t-il.

Je soupirai. J'avais espéré oublier tout ça, mais ce n'était pas prévu. — Qu'est-ce qu'il avait à dire ?

— Le médecin légiste a déjà établi la cause du décès.

Mes yeux s'écarquillèrent et mon cœur s'arrêta. — Vraiment ?

Gabriel acquiesça. Je pouvais dire, à la façon dont il hésitait, que la nouvelle n'était pas bonne. Je me préparai mentalement.

— Ce n'est pas bon, Violet.

Je relâchai le souffle que je retenais. — Tu ne vas pas me dire qu'il a fait une overdose ou qu'il avait une sorte de maladie cardiaque congénitale, n'est-ce pas ?

— Non.

Je pris une profonde inspiration. — Dis-moi.

— C'était un empoisonnement à l'aconit.

Je le fixai, attendant qu'il dise quelque chose d'important. — Quoi ? Qu'est-ce que c'est que l'aconit ? demandai-je, complètement perdue quant à l'inquiétude que cette information devait susciter.

— L'aconit est parfois appelé tue-loup, dit-il.

Je n'avais toujours aucune idée de pourquoi cette substance était significative. — Gabriel, je ne sais pas non plus ce que c'est, dis-je en secouant lentement la tête.

— C'est un ingrédient qui était autrefois très courant dans la sorcellerie. Il l'est peut-être encore. Je sais que ma mère en avait, c'est pourquoi je sais qu'il ne faut jamais y toucher. C'est toxique.

Cela dissipa ma confusion en un clin d'œil. — Oh non, soufflai-je.

Il hocha la tête. — Exactement. Je ne sais pas si les dames l'utilisent aujourd'hui, mais c'était populaire il y a quelques siècles. Je connais peu de choses sur la sorcellerie, mais je sais qu'elle est imprégnée de traditions et de rituels. Je ne peux pas imaginer qu'il existe un autre ingrédient pouvant se substituer à celui-là, ce qui signifie qu'il serait encore nécessaire pour certains sorts et potions.

— Donc, tu penses que les sorcières ont de l'aconit et que ce gamin a réussi à mettre la main dessus ?

Il haussa les épaules.

— Gabriel, pas question !

— Violet, nous savons tous les deux à quel point elles prennent au sérieux la protection de leur secret, dit-il à voix basse.

Je secouai la tête. — Je ne peux pas croire qu'aucune d'entre elles empoisonnerait intentionnellement qui que ce soit, et encore moins un gamin de dix-neuf ans.

— Peut-être que ce n'était pas destiné à lui. Peut-être que c'était destiné à George.

Je me sentis absolument malade. Toute chance d'avoir un bon dîner était ruinée.

— Je ne peux pas croire ça, Gabriel. Je refuse de le croire.

Même en prononçant ces mots, mon esprit tournait à plein régime. Parce que j'avais eu les mêmes soupçons. Je ne pouvais pas vraiment croire que ma mère et ses amies essaieraient de nuire à qui que ce soit.

Il haussa les épaules. — Je ne veux pas le croire non plus, mais cette substance est venue de quelque part. Ce n'est pas courant. Je doute qu'il ait cueilli la plante et l'ait mangée. Quelqu'un a dû lui en administrer. Il n'y a pas d'autre explication.

— Gabriel, tu ne peux pas penser que quelqu'un que nous connaissons ferait jamais une chose pareille. C'est une pensée horrible !

— J'espère que non, mais je pense que tu dois être consciente. Il y a de fortes chances qu'il y ait une enquête et ce sera sérieux.

— Super, vraiment super. Eh bien, j'ai hâte de voir ce qui nous attend. Quel gâchis, marmonnai-je.

Le serveur apparut à notre table, mettant fin à toute discussion sur la mort et le poison. Nous avons réussi à terminer le reste du repas sans parler de sorcières et de ce qui nous attendait à la maison.

— J'ai une réunion ce soir, dis-je en me tournant vers Gabriel lorsqu'il s'arrêta devant ma maison.

Il acquiesça. — Je sais. Tante Coral m'a prévenu que je ne pouvais pas te garder dehors trop tard, dit-il, les lèvres frémissantes.

Je levai les yeux au ciel. — Génial, je n'ai pas juste une mère. J'en ai quatre.

— Je passerai demain soir après le travail, en supposant que tu n'aies pas une autre réunion d'urgence.

Je lui ai donné un rapide baiser et j'ai sauté de son camion. Une fois à l'intérieur, j'ai enfilé des vêtements plus confortables avant de me rendre chez ma mère. Nous ne pouvions pas aller à l'usine. C'était trop risqué en ce moment. La réunion de ce soir se déroulait sous couvert d'une soirée bougies organisée par ma mère. Il y aurait bien des bougies, mais pas du genre tendance que les gens s'arrachaient.

Quand je suis arrivée à la maison, tout le monde était déjà là. Ma mère avait sorti une boîte de bougies, ainsi que des rafraîchissements. J'ai haussé un sourcil interrogateur en observant la scène. —Qu'est-ce que c'est que tout ça ?

—Au cas où quelqu'un passerait, il faut que ça ressemble vraiment à une soirée bougies.

—Tu reçois souvent des visites si tard le soir ?

—Ne sois pas insolente, Violet. Nous ne pouvons pas nous permettre d'éveiller des soupçons supplémentaires. Nous avons déjà assez de problèmes comme ça.

J'ai pris place et j'ai attendu que quelqu'un dise quelque chose.

Quand la conversation s'est orientée vers une nouvelle recette que Coral essayait, je me suis éclairci la gorge et je me suis levée. Je n'étais pas d'humeur à bavarder.

—Gabriel dit que le rapport du médecin légiste est arrivé.

Cette nouvelle a fait taire toute la pièce et tout le monde s'est tourné vers moi. —Et alors ? a demandé Magnolia.

—Et selon le médecin légiste, Harry est mort d'un empoisonnement à l'aconit.

J'ai lâché ma bombe et j'ai attendu. Daphne m'a regardée. J'ai compris que, comme moi au début, elle ne savait probablement pas ce qu'était l'aconit.

—L'aconit ? L'herbe aux loups ? a chuchoté Lila.

J'ai acquiescé. —C'est ce que Gabriel a dit. Je suis sûre qu'on en saura plus dans les jours à venir. Est-ce que l'une d'entre vous a déjà entendu parler de cette plante ?

Le silence était révélateur.

Après plusieurs secondes de silence pesant, ma mère s'est éclairci la gorge. Elle avait tendance à être le porte-parole du coven. —Bien sûr que nous en avons entendu parler.

—Et ?

—Et quoi ? a-t-elle rétorqué.

—Est-ce que vous l'utilisez ?

—Nous l'avons utilisé par le passé, a répondu Coral. C'est un ingrédient très courant dans diverses potions, mais il est aussi utilisé médicalement. Nos ancêtres étaient d'excellentes guérisseuses. Elles utilisaient des ingrédients naturels pour soigner diverses affections. On l'utilise encore aujourd'hui dans certains remèdes homéopathiques.

En scrutant la pièce, je n'ai rien détecté de suspect. Elles hochaient toutes la tête en accord avec ce que Coral disait.

—Saviez-vous que c'était un poison ? ai-je demandé.

Le silence était assourdissant cette fois-ci.

—Maman ? ai-je demandé, captant son regard et priant pour qu'elle me donne une raison de ne pas la suspecter.

—Bien sûr que nous savons que ça peut être toxique quand ce n'est pas utilisé correctement. Ça ne veut pas dire que nous avons quoi que ce soit à voir avec cette histoire, a-t-elle dit fermement.

Magnolia et Coral semblaient inquiètes, mais Lila était furieuse.

—Lila ? ai-je demandé, me demandant pourquoi elle serait en colère plutôt que préoccupée.

—Ces hommes. Pourquoi ne laissent-ils pas tout simplement les choses tranquilles ? Tout ce qu'ils font, c'est semer des problèmes. Ils n'ont rien à faire dans l'usine, a-t-elle dit, les joues empourprées.

Comme prévu, ma mère est intervenue. —Lila, nous ne pouvons pas nous laisser perturber par ça. Ils sont curieux. Ces émissions amateurs sur le surnaturel sont très à la mode ces temps-ci. Une fois qu'ils auront réalisé qu'il n'y a rien à trouver, ils s'en iront.

—Et s'ils ne partent pas ? Ça fait des mois qu'on attend ! On attend que George se désintéresse. Eh bien, ça n'arrive pas. Il est plus intrigué que jamais. Il a même fait venir plus de gens, avec des résultats tragiques !

—Détends-toi, Lila. Nous avons trouvé par où ils entraient dans l'usine. Je demanderai à Gabriel s'il peut m'aider à condamner ces fenêtres pour empêcher de nouvelles intrusions. Une fois qu'ils ne pourront plus entrer dans l'usine, ils passeront à autre chose. L'usine n'est attrayante que parce qu'elle est vieille et immense. C'est comme une maison hantée pour eux, ai-je dit, espérant apaiser ses inquiétudes.

—Eh bien, c'est impoli de leur part de penser qu'ils peuvent s'introduire comme ça, a-t-elle rétorqué.

J'ai ri doucement. Techniquement, c'était mon bâtiment et ils s'introduisaient sur ma propriété. Oui, le coven avait une salle de réunion dans le sous-sol, mais c'était quand même mon bâtiment. Si quelqu'un devait être offensé, ça aurait dû être moi.

—Détends-toi, Lila. Nous n'avons rien à craindre. Vous n'utilisez plus cette substance, n'est-ce pas ? ai-je demandé.

Les femmes ont échangé des regards.

—Maman ? ai-je demandé, craignant le pire.

—Non, ma chérie. Nous ne l'utilisons pas.

Je l'ai regardée, essayant de lire en elle, mais elle avait un excellent visage de poker. Je ne pouvais pas dire si elle était honnête avec moi ou non. Je voulais la croire, mais je ne pouvais ignorer cette petite inquiétude persistante.

—Il est temps que nous fassions savoir à George que nous ne voulons pas de lui ici, a dit Coral, avec autorité.

—Et comment proposes-tu de faire ça ? a demandé Daphne.

—Je ne sais pas, mais c'est une vraie nuisance.

—Ils doivent tous quitter Lemon Bliss. Plus ils fouinent, plus ils suscitent de soupçons parmi ceux que nous côtoyons tous les jours. Je sais que les gens me regardent un peu différemment maintenant, a dit Magnolia. Il y a toujours eu des rumeurs sur nos familles, et maintenant les gens qui sont ici depuis des générations recommencent à jaser. Je n'aime pas ça.

Ma mère a hoché la tête. —Tu as raison. Nous devons les faire partir d'ici. Peut-être pouvons-nous leur trouver un nouveau lieu hanté. Quelque part loin de Lemon Bliss.

Daphne et moi avons échangé un regard. Les femmes parlaient réellement de chasser George et son équipe d'enquêteurs de la ville. Je ne pensais pas que les gens faisaient encore ce genre de choses, mais nous étions là, dans une pièce pleine de femmes en colère qui complotaient pour faire exactement ça.

—Peut-être que je vais jeter un sort, a dit Lila.

—Jeter un sort pour faire quoi ? ai-je demandé, craignant d'entendre la réponse.

—Pour leur faire oublier Lemon Bliss, l'usine et le surnaturel en général. Ce n'est pas juste de les envoyer vers un autre groupe de sorcières. Ils doivent laisser les choses tranquilles, et la seule façon d'y arriver c'est d'effacer leur intérêt, a-t-elle dit, comme si elle parlait de quelque chose d'aussi normal que de se laver les cheveux.

—Lila, tu ne peux pas faire ça, ai-je protesté.

—Je le peux, et je le ferai si tout le monde convient que c'est le meilleur plan. Personnellement, je pense que ça résout tous nos problèmes. Nous effaçons leurs souvenirs et ils ne reviendront jamais à Lemon Bliss.

Ma mère semblait vraiment considérer cette idée. —Maman ! Tu ne peux pas penser que c'est une bonne idée !

—Quoi ? C'en est une. Ça ne leur fera pas de mal, et ça résout le problème. Nous n'aurons plus à nous inquiéter qu'ils parlent à d'autres et suscitent plus d'intérêt parmi leur petit monde de fans du surnaturel, a-t-elle dit.

J'ai secoué la tête. —Je n'arrive pas à croire ce que j'entends. Je dois y aller. J'ai une matinée chargée demain.

Daphne s'est levée. —Moi aussi. Ne jetez aucun sort avant que nous ayons eu le temps de réfléchir à tout ça.

Nous avons laissé les autres derrière nous, sachant qu'elles passeraient probablement les prochaines heures à comploter. C'était plus qu'un peu alarmant.

CHAPITRE SIX

La matinée était calme à la boulangerie, ce qui me convenait parfaitement. J'étais préoccupée par l'effraction à l'usine et ses conséquences pour nous. Je ne connaissais rien à l'aconit, mais je pensais qu'il était temps de m'éduquer. Malheureusement, je n'étais pas sûre de pouvoir faire confiance à ma mère et ses amies pour être complètement honnêtes.

— Du nouveau ? ai-je demandé à Daphne quand elle est entrée dans la cuisine.

Normalement, cette question était anodine. Dans le monde des sorcières et de Lemon Bliss, elle était lourde de sens.

— Non. J'ai appelé ma mère hier soir, mais elle était encore chez la tienne.

— Super. Je n'ose même pas imaginer quels plans farfelus elles ont pu concocter, ai-je marmonné en attrapant ma tasse de café et en prenant une gorgée.

— C'est clair. Elles étaient vraiment sérieuses hier soir. Je crois que je n'ai jamais vu Lila aussi en colère, a dit Daphne.

— Il faut qu'on en apprenne plus sur cet aconit. Mais on ne peut demander à personne.

Les clochettes de la porte d'entrée ont tinté, appelant Daphne à l'avant. J'ai travaillé en silence, mon esprit continuant à jongler avec des idées et des possibilités sur ce qui avait pu arriver à Harry. Je n'avais pas eu de nouvelles d'Harold, ce que j'espérais être bon signe. Peut-être avaient-ils déjà trouvé la source de l'aconit et qu'il n'était plus nécessaire de chercher plus loin. On peut toujours rêver.

Daphne est réapparue, me tendant une nouvelle tasse de café. Je l'ai prise avec gratitude. Après une gorgée, j'ai jeté un coup d'œil dans sa direction. — Tu as maîtrisé cette machine à expresso, ai-je dit avec un clin d'œil.

Elle a souri. — Je sais que tu adores tes latte au caramel, alors j'ai travaillé pour les réussir parfaitement.

— Je dirais que tu as réussi. J'ai pris une gorgée lente, savourant la richesse de la saveur.

Daphne est revenue à notre conversation antérieure. — On ne peut pas laisser les autres savoir qu'on enquête sur l'aconit.

— Tout à fait d'accord, mais comment allons-nous apprendre quoi que ce soit ? Elles nous ont déjà dit que ce qu'on peut trouver en ligne n'est pas très utile. Je suis sûre que c'est probablement mentionné dans le livre de sorts à l'usine, mais alors elles sauront qu'on a fouiné.

Elle a ri. — Je pense qu'elles nous connaissent assez bien maintenant pour savoir qu'on pourrait le faire. Mais tu as raison, pas besoin d'être évidentes.

— Je peux toujours voir ce qu'on trouve en ligne. Ça pourrait nous donner quelques pistes, ai-je suggéré.

— Non ! La police peut vérifier l'historique de ton ordinateur. Si cette enquête commence à pointer dans notre direction, tu ne peux pas te mettre en danger comme ça. On ne devrait probablement même pas en parler, a-t-elle chuchoté, regardant autour de la cuisine.

— Pourquoi ?

— Et s'ils avaient mis la boulangerie sur écoute ?

J'ai éclaté de rire. — Tu es un peu paranoïaque, tu ne crois pas ?

Elle a haussé les épaules. — On n'est jamais trop prudentes. S'il y a une enquête pour meurtre et qu'ils soupçonnent que tu y es pour quelque chose, je pense qu'ils feront tout ce qu'il faut pour te coincer.

— Je n'ai rien fait, lui ai-je rappelé. Doux thé, j'en avais assez de rappeler aux gens que je n'avais rien fait quand des choses louches se produisaient.

Elle a agité la main comme si ce petit détail ne signifiait rien. — On doit être prudentes. Je peux aller à La Nouvelle-Orléans. Je dirai que je vais chercher des fournitures, ou faire un peu de shopping. Je connais quelques dames là-bas qui tiennent une boutique spécialisée dans les trucs occultes.

— Occultes ! ai-je dit avec horreur. On ne fait pas ça.

— Non, non. C'est juste un endroit pour recueillir des informations. Ce n'est pas que de la magie noire. Elles vendent des herbes et d'autres ingrédients utilisés dans les sorts et les potions, a-t-elle précisé.

— Tu connais ces personnes ?

Elle a acquiescé. — Oui. Je ne mentionnerai pas pourquoi je pose des questions, mais elle ne dira rien de toute façon.

— Quand iras-tu ?

— Après le travail ?

J'ai hoché la tête. — Peut-être qu'on peut te faire partir plus tôt. Je verrai si Patty peut venir. Elle voulait plus d'heures de toute façon.

— Parfait.

Le reste de la journée s'est envolé dans une frénésie de pâtisserie. J'étais un peu nerveuse que Daphne enquête. J'avais l'impression que nous enfreignions un code d'éthique secret. Si les autres sorcières l'apprenaient, elles ne seraient pas ravies de savoir qu'on ne leur faisait pas confiance. Nous avions vu comment elles avaient réagi face aux enquêteurs surnaturels qui se mêlaient de leurs affaires. Je ne pensais pas qu'elles seraient enchantées de savoir que nous étions à l'intérieur et suspicieuses.

— Violet, m'a appelée Daphne depuis l'avant.

Son ton m'indiquait qu'il ne s'agissait pas de clients. Quelque chose n'allait pas.

Je me suis précipitée à l'avant pour voir ce qui l'avait tant inquiétée. — Oh mince, ai-je marmonné en voyant Lila franchir la porte.

— Ne lui dis pas, a dit Daphne, sans terminer sa phrase. Elle n'avait pas besoin de finir. Je savais exactement ce qu'elle voulait dire.

— Qu'est-ce qui t'amène ici ? ai-je demandé, adressant un sourire à Lila.

— J'avais juste envie d'un de ces délicieux cookies, a-t-elle dit avec un sourire.

— Un seul ? l'ai-je taquinée.

— Oh, tu me connais trop bien. Je prendrai trois cookies aux pépites de chocolat et un café.

— Daphne, tu peux y aller. Je fermerai, ai-je dit, mon sourire fermement en place.

— Merci. Je dois filer. Je ne peux pas faire attendre l'avocat, a-t-elle répondu, mentant effrontément sur la raison de son départ.

— Oh ma chère, tu gères encore ces histoires de divorce désagréables ? a demandé Lila.

— Oui, avons dit Daphne et moi à l'unisson.

Lila a regardé autour d'elle. — On pourrait jeter un sort et mettre fin à tous tes problèmes.

— Non, a dit Daphne, un peu trop rapidement. Pas de sorts. Je vais gérer ça légalement. On est sur le point de régler tous les détails. Je suis sûre que tout sera bientôt terminé.

— D'accord, mais si tu changes d'avis, dis-le-moi.

Seigneur. Peu importe combien de fois elles nous avaient averties d'être prudentes avec les sorts, elles semblaient certainement ne pas hésiter à les jeter à tout-va quand ça leur chantait. Lila a pris son café et ses cookies et s'est installée à une table. Jetant un coup d'œil à ma montre, j'ai réalisé qu'il était presque l'heure de fermer. J'ai fait signe à Daphne de partir avant que Lila ne dise autre chose.

J'essuyais le comptoir, réfléchissant à ce que je dirais à Lila, ou si je devais dire quoi que ce soit. Je décidai qu'il valait mieux rester bavarde. Tout autre comportement pourrait sembler suspect. Je ne considérais pas Lila comme une ennemie, mais elle agissait définitivement de façon un peu louche ces derniers temps.

Fermer un peu plus tôt me donnerait l'occasion de discuter. Peut-être qu'elle s'ouvrirait au sujet de l'aconit.

—Vous êtes restées debout tard hier soir ? demandai-je en m'asseyant à la table avec ma propre tasse de café et un muffin aux myrtilles.

Lila sourit. —Tu nous connais, on se met à parler et le temps file. Heureusement, aucune de nous n'a besoin de se lever pour aller travailler. Les avantages de l'âge, dit-elle avec un clin d'œil.

Je ris avec elle. —As-tu eu des nouvelles d'Harold ?

Elle haussa une épaule. —Non, malheureusement.

—Je veux dire à propos de l'usine et de la mort de cet homme.

—Oh. Pas que je sache. Je pense qu'il viendra te voir toi ou Virginia en premier. Après tout, c'est votre usine.

Cela sonnait presque comme un avertissement, comme si elle me prévenait que j'avais le plus à perdre si l'enquête sur cette mort aboutissait à quelque chose.

—Je me suis donné pour mission de sécuriser cette usine si étroitement que personne n'y pénétrera plus jamais.

—Je surveille les choses de près, déclara-t-elle.

—Vraiment ?

—Je fais des visites régulières plusieurs fois par jour pour m'assurer que personne n'est entré.

—Lila, commençai-je, essayant de trouver la meilleure façon de lui dire de rester loin du bâtiment. Ce n'est probablement pas une bonne idée. Harold a promis de faire des patrouilles supplémentaires, et je pense que nous devrions laisser les forces de l'ordre s'en occuper.

Elle agita une main en l'air avant de mordre dans son cookie. —Je n'y vais pas avec l'intention de confronter un intrus. Je garde simplement un œil sur les choses. J'ai un téléphone portable, ma chérie. S'il y a un problème, j'appellerai à l'aide.

—Lila, c'est trop risqué. Si tu fais des visites régulières, ça pourrait paraître suspect.

—Comment ? railla-t-elle.

—Ça donne l'impression que tu as quelque chose à cacher, lui dis-je aussi doucement que possible. Les gens, y compris Harold, vont se demander pourquoi tu t'inquiètes autant. C'est une vieille usine vide après tout.

—J'ai effectivement quelque chose à cacher. Nous en avons toutes, répliqua-t-elle. Je suis la seule qui semble s'en rendre compte, ou s'en soucier. Nous devons protéger notre lieu de réunion.

Je secouai la tête. —Non, ce n'est pas nécessaire. Nous n'avons pas besoin de nous réunir à l'usine. Je ne comprends pas pourquoi nous devons nous réunir du tout. Nous pouvons nous retrouver dans n'importe laquelle de nos maisons. L'usine ne vaut pas la vie de quelqu'un, Lila. Personne ne mérite d'être blessé ou de mourir à cause de sa curiosité.

—Tu as déjà entendu l'expression « la curiosité a tué le chat » ?

—Lila, s'il te plaît, je te demande de rester loin de l'usine pour l'instant. Laisse Harold faire son travail. Nous n'avons pas besoin de lui compliquer la tâche, suppliai-je.

Elle haussa les épaules sans faire d'autres commentaires. Cela m'inquiétait. Lila n'était pas du genre à cacher ses sentiments. Elle adorait parler. Récemment, elle était devenue taciturne et méfiante.

—Eh bien, je devrais probablement finir de fermer, dis-je en me levant et en me dirigeant vers le comptoir.

Lila prit son dernier cookie sur la table et se dirigea vers la porte. —Fais attention à toi, Violet. Je ne sais pas ce qui nous attend, mais je sens quelque chose dans l'air. Je suis sûre que tu le sens aussi. Nous le sentons toutes. C'est à nous de protéger notre coven.

Je verrouillai la porte derrière elle, la regardant monter dans sa voiture. Elle me fixa pendant plusieurs longues secondes avant de démarrer la voiture et de reculer. Je ressentais effectivement un pressentiment, bien que je ne puisse dire s'il venait simplement de ce qu'elle avait dit ou de tout le reste. Je ne m'étais pas assez entraînée pour focaliser mes sens, et je ne savais pas d'où venait cette sensation de malheur. Quelque chose me disait de me méfier de Lila. Je détestais ce sentiment, mais il était là, et je ne pouvais pas le nier. Je devais faire confiance à mon instinct qui me disait d'être prudente.

Rapidement, je terminai la fermeture et rentrai chez moi. L'odeur de citrons était forte dans l'air alors que je marchais de ma voiture jusqu'aux marches du porche. Me retournant, je fis le tour de la maison et regardai le vieux verger de citronniers dans le champ arrière. Comme lorsque j'étais plus jeune, les citronniers étaient luxuriants de feuilles et de fruits. Les arbres explosaient de vitalité. Ce n'était même pas encore la saison, mais aucune des plantes de ma grand-mère ne semblait suivre les règles habituelles du jardinage.

M'arrêtant, je pris une profonde inspiration, savourant l'odeur fraîche et citronnée. En retournant vers la maison, je ne pouvais m'empêcher de me demander comment cela était possible. Ce n'était certainement pas moi qui envoûtais les plantes et les arbres ici. Pourtant, c'était comme s'ils avaient collectivement décidé de continuer comme avant, même si ma grand-mère n'était plus là depuis longtemps.

J'appelai Gabriel après avoir éliminé sous la douche la farine de ma longue journée en cuisine. Je ne voulais pas être seule, et je ne voulais pas penser à l'usine, à Lila, ou à la mort d'un jeune homme. Je voulais me sentir normale.

Quand il frappa à la porte, j'attendais déjà.

—Salut, dis-je avec un sourire.

—Salut, toi. Ça va ?

J'acquiesçai. —Ça ira. Ça te va de rester à la maison ce soir ?

Il sourit. —Bien sûr. Il montra un sac. —J'ai apporté des provisions.

—Tant mieux, parce que sinon tu aurais été forcé de manger des sandwichs froids.

Il rit en entrant dans la cuisine. —Je sais. Je te connais trop bien. Je vais préparer le dîner et tu pourras arrêter de t'inquiéter.

—Comment as-tu su que j'étais inquiète ?

Posant le sac sur le comptoir, il se retourna et m'attira dans ses bras. —Tu as juste l'air un peu préoccupée. Avec tout ce qui se passe, c'est compréhensible.

Appuyant ma tête contre son épaule, je soupirai. —Les choses sont un peu étranges en ce moment. J'ai l'impression de ne pas savoir à qui faire confiance. Après ce que tu m'as dit sur le rapport du médecin légiste, j'ai dû le dire aux autres. Ça ne s'est pas bien passé. Daphne est à la Nouvelle-Orléans en ce moment pour faire des recherches. Nous ne voulons pas que nos mères soient au courant. S'il te plaît, ne dis rien à ta tante.

—Je ne dirai rien. Tes secrets sont en sécurité avec moi. Tous tes secrets. Maintenant que c'est réglé, pouvons-nous profiter d'une soirée tranquille ?

Je relevai la tête, croisant son regard. —J'ai cru que tu ne le demanderais jamais.

CHAPITRE SEPT

Daphne était toujours à La Nouvelle-Orléans. Elle m'avait envoyé un texto plutôt cryptique plus tôt dans la journée, et j'avais dû réprimer un rire. Elle était excessivement paranoïaque. Du moins, j'espérais que c'était de la paranoïa et qu'il n'y avait aucune raison réelle de s'inquiéter. Pour être prudente et l'empêcher de paniquer, j'avais gardé ma réponse tout aussi cryptique.

Après avoir passé toute la journée sans voir ni entendre parler d'aucune des sorcières, je n'arrivais pas à décider si c'était bon ou mauvais signe. Quand je ne les voyais pas, j'avais tendance à m'inquiéter de ce qu'elles manigançaient. Je n'avais pas non plus eu de nouvelles d'Harold, ce qui ajoutait à mon sentiment de malaise. Malgré mes bonnes intentions, je commençais à adhérer à la paranoïa de Daphne et m'étais convaincue qu'il menait une enquête sur moi dans mon dos. C'était déconcertant. À ce stade, j'avais l'impression de ne pouvoir faire confiance à personne sauf à Daphne.

Je suis rentrée chez moi et me suis assise sur mon canapé en silence, réfléchissant à ce que je devais faire. Je voulais appeler ma mère pour discuter de mes problèmes, mais elle était au cœur de ceux-ci. Je ne savais pas à qui elle était plus dévouée — à moi ou au coven.

Finalement, je n'ai plus supporté le silence, alors j'ai couru à l'étage et changé de tenue pour un jean sombre et un t-shirt noir avant d'en-filer mon sweat à capuche foncé. J'allais faire ma propre enquête.

Comme prévu, j'ai roulé devant l'usine et vu la voiture de Lila s'en-gager dans la longue allée de graviers. J'ai continué ma route, espérant qu'elle n'avait pas remarqué ma voiture passer. Après avoir descendu la route, fait demi-tour et dépassé l'embranchement menant à l'usine, sa voiture n'était plus visible.

— Elle pourrait la dissimuler par magie, j'imagine, ai-je dit à voix haute.

J'ai fait demi-tour à nouveau et suis passée devant avec mes phares éteints. J'ai essayé d'avoir une vue depuis l'arrière de l'usine où nous nous garions toutes pour nos réunions du coven, mais c'était inutile. C'était justement pour ça que nous nous garions là-bas. Personne ne pouvait voir nos voitures depuis la route.

— Qui ne tente rien n'a rien, ai-je marmonné.

J'ai continué à rouler jusqu'à tomber sur une cabane abandonnée. Je me suis garée près de la cabane, espérant que personne ne remarquerait ma voiture, puis j'ai rapidement couru vers l'usine. J'espérais que ma tenue sombre me rendait difficile à repérer. En marchant discrètement vers l'arrière de l'usine, j'ai vu la voiture de Lila. Elle n'avait même pas pris la peine de la dissimuler.

— Ha ! ai-je chuchoté dans la nuit noire. Je savais que tu étais là. Alors que je t'avais dit de rester loin d'ici, ai-je marmonné, en retour-nant vers l'avant du bâtiment.

J'ai utilisé ma clé pour passer par la porte d'entrée, sachant qu'elle aurait utilisé la porte arrière. J'ai lentement ouvert la porte juste assez pour me faufiler à l'intérieur. Une fois dedans, j'ai pressé mon corps contre le mur et écouté. Je pouvais entendre des mouvements, mais dans l'obscurité, je n'étais pas sûre d'où ils provenaient.

En attendant, j'ai retenu ma respiration de peur que Lila ne m'en-tende respirer. Je me suis réprimandée pour être si ridicule. C'était Lila. Elle n'était pas violente. Je savais qu'elle ne me ferait pas de mal. N'est-ce pas ? J'ai entendu un bruit et supposé que Lila se dirigeait vers la pièce secrète du coven. Suivant le mur, je me suis dirigée vers la porte cachée, me tenant dans les ombres. Je refusais de reconnaître à quel point c'était effrayant, mais je regrettais amèrement ma décision de venir seule. Je n'avais pas vraiment le choix, cependant. Je ne pouvais pas impliquer Gabriel dans ce qui s'annonçait comme un nouveau scandale.

Un bruit a attiré mon attention et je me suis figée, mon pouls s'emballant comme une fusée. Mon cerveau m'ordonnait de fuir cette usine aussi vite que possible, mais j'étais paralysée sur place. J'ai écouté attentivement et réalisé que c'était la porte de la pièce secrète qui s'ouvrait. Lila parlait à quelqu'un. Elle n'était pas seule. J'ai combattu la panique qui montait en moi et suis restée immobile, tremblant comme une feuille, mais sans bouger.

— Nous devons monter, a dit Lila à la personne avec qui elle parlait. J'ai laissé ces trucs là-haut.

Un faisceau de lampe torche s'est allumé, pointant vers le sol devant Lila. Il éclairait à peine son visage et ne révélait rien de la personne qui l'accompagnait. J'ai attendu que cette personne parle pour pouvoir l'identifier. Travaillait-elle avec les enquêteurs du surnaturel ? Peut-être collaborait-elle avec une autre sorcière pratiquant les arts sombres. Je n'en savais rien. Tous mes sens étaient en alerte, me laissant bouillonner de l'intérieur.

— Dépêchons-nous. Je déteste tous ces cachotteries, a dit l'autre voix.

Ma bouche s'est ouverte et mes genoux ont faibli quand mon cerveau a reconnu la voix. J'ai réprimé l'envie de crier de protestation.

C'était ma mère. Ma mère et Lila conspiraient ensemble. J'avais eu raison de ne pas leur faire confiance. J'ai attendu qu'elles soient dans les escaliers, se dirigeant vers les étages supérieurs. Je n'ai pas bougé d'un muscle pendant qu'elles marchaient.

Une fois qu'elles furent suffisamment loin, je me suis silencieusement dirigée vers la porte gardant notre pièce secrète, l'ouvrant encore une fois juste assez pour me glisser de côté. J'ai fait de mon mieux pour descendre les escaliers sur la pointe des pieds. Je n'osais pas allumer la lumière. Elles ne pourraient pas la voir, mais j'avais peur qu'elles ne sentent ma présence. Je savais que j'étais ridicule, mais je n'étais pas une experte en matière de furtivité. Visiblement, ce n'était pas un talent familial.

En regardant autour de la pièce, j'ai cherché des indices sur ce qu'elles avaient fait. Rien ne semblait déplacé. Le faisceau de ma lampe torche dansait autour de la pièce. Il y avait une boîte sur le comptoir, mais elle était vide. Pas beaucoup d'indices sur lesquels travailler. Que pouvaient-elles bien vouloir à l'étage ? Je n'avais pas attendu assez longtemps pour voir où elles allaient.

Un souvenir traversa mon esprit. Les bureaux du quatrième étage étaient l'endroit où j'avais trouvé les bandes de sécurité. C'était là que les enquêteurs avaient établi leur petit quartier général. Ça devait être ça. Voilà ce qu'ils faisaient — ils cherchaient des indices.

J'ai souri dans la pièce sombre et j'ai ri de mon comportement ridicule. J'avais tiré des conclusions hâtives, mais ils faisaient exactement ce que j'aurais fait. Ce que j'avais fait, en fait. Je me demandais si les caméras étaient toujours en place. Ce serait plus facile si je pouvais simplement insérer une cassette et découvrir ce qui s'était passé.

— Tu ne trouveras rien, me suis-je dit en secouant la tête.

Un bruit au-dessus me fit sursauter. J'ai couru vers le coin de la pièce et me suis cachée derrière l'un des grands fauteuils rembourrés. Je ne savais pas pourquoi je me cachais. Ça me semblait juste être la chose à faire. J'avais à peine trouvé ma place quand ma mère et Lila sont entrées dans la pièce. J'avais trop peur de passer la tête autour du fauteuil pour voir ce qu'elles faisaient. Bien que je doutais qu'elles seraient trop contrariées de me trouver dans la pièce, je me sentais idiote de m'être cachée. Je préférais être la seule à savoir que j'avais agi comme une imbécile.

Installée derrière le fauteuil, j'espérais qu'elles ne resteraient pas trop longtemps. Elles bavardaient, alors j'ai rapidement jeté un coup d'œil pour voir ce qu'elles faisaient et je les ai vues fouiller dans les placards. Je me suis efforcée d'entendre ce qu'elles disaient, mais je n'ai réussi à capter que des bribes de conversation.

— C'est au fond, a dit ma mère d'une voix basse. Assure-toi de tout remettre exactement comme c'était.

— Je vais chercher le reste dans l'autre placard, a répondu Lila.

— Il faut qu'on vide ce placard, a chuchoté ma mère.

J'ai soigneusement bougé d'une fraction de centimètre et j'ai vu ma mère disparaître dans l'obscurité. Sa lampe de poche s'est allumée, projetant son faisceau dans un grand garde-manger. Je ne me souvenais pas de l'avoir jamais vu auparavant. Bien sûr, je ne me rappelais pas avoir jamais regardé au-delà des quelques canapés et fauteuils de la pièce. Je me suis brièvement demandé s'il avait été caché à Daphne et moi par un énième sort magique. Peut-être que les sorcières plus âgées ne nous faisaient pas assez confiance pour connaître tous leurs secrets. Cette pensée a fait naître un éclair de colère en moi. J'avais déjà été interrogée pour un crime dont je n'étais pas responsable. Si j'apprenais que ma mère et ses amies cachaient quelque chose qui pourrait être utilisé comme preuve contre moi, je serais furieuse.

Observant et attendant, j'espérais qu'elles diraient quelque chose qui les disculperait. Je ne voulais pas penser au pire, mais elles n'aidaient pas leur cause.

— Allons-y, a dit Lila. Je pouvais voir une boîte dans sa main, mais je n'avais aucune idée de ce qu'elle contenait.

Ma mère est apparue dans la lumière portant également une boîte, et ensemble elles ont monté les escaliers. J'ai attendu jusqu'à ce que j'entende la porte se fermer avant de les suivre. Poussant doucement la porte, j'ai écouté et j'ai pu entendre leurs voix traverser l'usine.

Restant dans l'ombre, j'ai gardé mes yeux fixés sur la lampe de poche qui leur montrait le chemin. Je les ai regardées commencer à monter les escaliers. Comme je le soupçonnais, elles sont allées au quatrième étage. Je suis rapidement redescendue dans notre salle secrète et me suis cachée au cas où elles reviendraient.

J'ai attendu ce qui m'a semblé une éternité. Quand j'ai finalement décidé qu'elles devaient être parties depuis longtemps, j'ai quitté ma cachette derrière le fauteuil de notre salle secrète.

— D'accord, mesdames, que cherchiez-vous ? ai-je dit, en allumant les lumières au plafond dans la pièce.

Je n'étais pas inquiète d'être surprise à ce stade. Si elles revenaient, je leur dirais que je vérifiais que tout allait bien. J'ai ouvert les placards et j'ai regardé à l'intérieur. Rien ne me semblait particulièrement inté-ressant. Il y avait des pots d'épices et d'herbes. Il semblait y avoir des potions, à moitié vides dans de vieilles bouteilles ambrées. J'imaginais que les bouteilles étaient sur les étagères depuis des décennies. Il y avait une épaisse couche de poussière sur la plupart d'entre elles.

Une autre étagère contenait une variété de pots et de bouteilles vides. Je suis retournée dans la cuisine et j'ai commencé à ouvrir les placards pour ne trouver que plus d'herbes et d'épices. Rien ne criait poison, mais je ne savais pas ce que je cherchais.

Peut-être que c'était ça le problème. Peut-être que c'était comme ça que Harry avait été empoisonné. Il ne savait pas ce qu'il manipulait. Les bouteilles pouvaient être mal étiquetées, que ce soit intentionnel ou accidentel.

— Que se passe-t-il ? ai-je murmuré dans l'obscurité.

Après avoir fouillé chaque placard et chaque étagère dans la pièce, j'ai veillé à ne laisser aucune trace de ma présence. J'ai commencé à quitter le bâtiment, mais je me suis arrêtée. Je devais voir ce qu'il y avait au quatrième étage. Rapidement, j'ai grimpé les escaliers et je me suis retrouvée là où j'étais il y a tant de mois.

J'ai vérifié chaque bureau là-haut et n'ai rien trouvé.

Prenant une profonde respiration, j'ai lentement secoué la tête. J'avais espéré trouver quelque chose, n'importe quoi. Pourtant, tout ce que j'avais appris, c'était apparemment que ma mère et Lila faisaient leurs propres fouilles secrètes. Avec un soupir, je suis redescendue. Le retour à ma voiture dans l'obscurité était inquiétant.

Il était trop tard pour appeler Daphne, alors je devrais attendre demain. Avec un peu de chance, elle serait de retour de son voyage. Pour l'instant, j'étais seule. Quand je suis arrivée chez moi, j'ai allumé mes phares en plein, éclairant toute la cour. Je ne savais pas ce que je cherchais, mais je ne voulais pas courir le risque que quelqu'un me surprenne. Daphne n'était pas la seule à avoir peur de son ombre.

CHAPITRE HUIT

La nuit avait été longue et j'avais à peine fermé l'œil. Mon cerveau tournait en rond, s'agitant sans cesse tandis que divers scénarios se jouaient dans ma tête. Je n'étais pas heureuse d'avoir découvert ma mère en train de comploter avec Lila sur quelque chose, en pleine nuit et dans mon dos. Je détestais avoir dû les espionner. Je ne savais pas ce qu'elles fabriquaient, mais si c'était honnête, pourquoi auraient-elles besoin de le faire tard dans la nuit ? Elles n'avaient qu'à nous mettre au courant. En plus, c'est moi qui possédais le bâtiment, après tout.

Mon téléphone sonna, me tirant brusquement de mes réflexions. En regardant l'écran de mes yeux troubles, je vis que c'était Daphne qui appelait. — Salut ! dis-je, soulagée d'entendre sa voix.

— Salut. Oh, tu as l'air mal en point. Tu as fait la fête hier soir ?

— On peut dire ça. Tu es revenue ? demandai-je en me retournant pour vérifier l'heure. Il était presque cinq heures du matin et je devais me bouger si je voulais que des muffins frais soient prêts pour l'afflux matinal de clients.

— Je suis de retour, et j'ai une petite surprise, dit-elle, mystérieusement.

— Mais tu ne peux pas me le dire au téléphone, c'est ça ? marmonnai-je.

— Exact. Lève-toi et ramène tes fesses au travail. Je t'y retrouverai, dit-elle, avec beaucoup plus d'enthousiasme que je n'en ressentais.

— D'accord, mais je te préviens, je ne vais pas être très présentable. Je vais me cacher en cuisine toute la journée.

— Comme toujours, dit-elle en riant.

Je suis parvenue à rassembler assez d'énergie pour prendre une douche et me rendre au travail. J'étais en mode pilote automatique. Daphne m'a accueillie avec une tasse de café, que j'ai avalée d'un trait avant de la remplir à nouveau. Mon cerveau était comme de la bouillie.

Je me suis dirigée vers la cuisine et j'ai commencé ma routine habituelle, allumant les fours et sortant les ingrédients, pendant que Daphne préparait l'avant de la boulangerie pour l'ouverture. Peu de temps après, elle était de retour dans la cuisine, essayant de m'aider.

— Tu ressembles à un zombie, plaisanta-t-elle.

— Ne dis pas ça trop fort ou ces petits enquêteurs vont débarquer ici en un clin d'œil, voulant me tripoter et m'examiner.

Elle gloussa. — Qu'est-ce que tu faisais hier soir qui t'a laissée si, euh...

— J'espionnais, l'interrompis-je avec un soupir.

— Vraiment ?

— Oui. Mais toi alors ? Qu'as-tu à me dire ?

Daphne regarda autour de la cuisine vide avant de se pencher vers moi et de chuchoter. — J'ai obtenu un livre.

J'ai levé les yeux au ciel. — Alléluia.

— Non, un *livre*, répéta-t-elle en accentuant le dernier mot.

— Daphne, à moins que ce livre ne sache danser ou faire disparaître tout ça comme par magie, je ne vois pas l'importance.

Secouant la tête, elle me lança un regard d'irritation et de dégoût. — Je ne veux pas entrer dans les détails ici, mais je t'expliquerai plus tard. Disons simplement qu'il contient beaucoup d'informations. Des informations qui peuvent nous aider.

Je n'étais pas aussi convaincue qu'elle, mais je garderais certainement mon opinion pour moi — pour l'instant. — D'accord. J'attendrai.

— Alors dis-moi, qu'est-ce que tu espionnais ?

— Pas quoi, qui.

— Qui ?

— Lila... J'ai levé les yeux de la pâte que je mélangeais. — ...et ma mère.

Sa bouche s'ouvrit en grand. — Quoi ?

J'ai hoché la tête. — À l'usine hier soir. Elles préparaient quelque chose. Elles portaient chacune une boîte quand elles sont parties. Je n'ai aucune idée de ce qu'il y avait dans ces boîtes, mais elles y sont allées pour chercher quelque chose, Daphne, dis-je très sérieuse-ment. — Je pense qu'elles essayaient de cacher quelque chose.

— Comme quoi ? demanda-t-elle.

— Des preuves.

Ses yeux ont failli sortir de sa tête. — Pas possible. Pas ta mère. Lila peut être un peu louche, mais certainement pas ta mère.

J'ai secoué la tête. — Je ne sais pas, Daphne. Quelque chose cloche vraiment dans toute cette histoire.

— Eh bien, on va découvrir ce qui se passe, alors essaie de ne pas trop stresser. Écoute, je vais aller ouvrir devant, d'accord ?

Hochant la tête, je me suis remise au travail, perdue dans mes pensées. J'espérais vraiment que ma mère était innocente. J'espérais qu'elles l'étaient toutes, mais il devait y avoir quelque chose à cacher. C'était la seule explication à leur comportement d'hier soir. Elles cachaient quelque chose qui pourrait leur causer des problèmes. Je devais savoir ce que c'était. Je ne pouvais pas et je ne voulais pas les protéger si elles avaient fait du mal à quelqu'un. Aucun secret ne valait la peine de tuer quelqu'un. Peu m'importait si cela signifiait que je ne pourrais plus jamais pratiquer la sorcellerie. Je n'y tenais pas tant que ça. J'avais vécu toute ma vie sans elle très bien. En fait, c'est la décou-verte de mes origines qui avait provoqué tous les ennuis auxquels nous avions été confrontés ces six derniers mois.

— Pourquoi protéger quelque chose dont tu ne veux même pas ? demandai-je à voix haute, comme si la cuisine pouvait me répondre.

J'avais été tellement absorbée par mon travail et mes propres pensées que je n'avais pas réalisé combien de temps s'était écoulé jusqu'à ce que Daphne surgisse dans la cuisine plus tard.

— Hé, siffla-t-elle.

— Quoi ?

— Ta mère est là. Elle veut te parler.

— Je suis occupée.

— Violet, elle va savoir que quelque chose ne va pas si tu ne lui parles pas.

— Bon, d'accord, grommelai-je en retirant mon tablier et en le jetant sur le comptoir.

Ma mère n'était pas assise à une table. En fait, elle semblait plutôt pressée.

— Qu'est-ce qu'il y a, maman ?

— Oh ma chérie, Violet. Tu as l'air de manquer de sommeil. Tu ne dors pas bien ?

Je voulais lui dire pourquoi j'étais fatiguée, mais je me suis mordu la langue. — Je vais bien. Tu vas quelque part ? demandai-je.

Elle acquiesça. — Je monte à La Nouvelle-Orléans pour la journée. J'espère être de retour ce soir. Je voulais juste te prévenir au cas où tu me chercherais.

— Pourquoi y vas-tu ? demandai-je, de plus en plus méfiante.

— Juste pour quelques courses, dit-elle d'un ton désinvolte.

Hmm. Ma mère faisait toutes ses courses à Ruby Red, ou ici. Elle détestait la ville et quittait rarement la commune. Il se passait définitivement quelque chose de louche.

— Tout va bien ? demandai-je à voix basse, ne voulant pas paraître trop inquiète.

— C'est parfait, ma chérie. Lila et moi voulons juste faire un peu de shopping. Il fait un temps magnifique. Une petite excursion est exactement ce dont j'ai besoin, dit-elle avec un sourire radieux.

— D'accord. Amuse-toi bien alors. Appelle-moi si tu ne rentres pas ce soir, lui dis-je.

Elle fit un signe de la main et sortit. Je me tournai vers Daphne, sachant qu'elle avait entendu notre conversation.

— OK, tu avais raison. Elle mijote définitivement quelque chose. Elle et Lila toutes les deux, chuchota Daphne.

— Je te l'avais dit.

— Qu'est-ce que tu vas faire ?

— Je ne sais pas. Je pourrais lui demander, mais j'ai l'impression qu'elle me mentirait, dis-je.

Je retournai dans la cuisine, ma frustration tourbillonnant en moi. Tandis que je continuais à pétrir la pâte, il me vint à l'esprit qu'avec ma mère absente, je pourrais peut-être faire ma propre enquête.

— Daphne ! appelai-je en me précipitant vers l'avant.

— Quoi ? Qu'est-ce qui ne va pas ? demanda-t-elle, regardant derrière moi.

— Je dois m'absenter un moment.

— Pourquoi ? Tu es malade ? Tu n'as pas l'air bien.

Je secouai la tête. — Ça va. Je vais profiter de l'absence de ma mère pour jeter un coup d'œil chez elle.

— Oh, bonne idée. Quand ?

— Maintenant, dis-je avec un sourire. Je préfère le faire en plein jour. La traque nocturne est un peu trop flippante pour moi.

— Vas-y. Je m'occupe d'ici et si quelqu'un passe te chercher, je dirai que tu as dû rentrer chez toi pour quelque chose. Bonne chance, et Violet... sois prudente.

— Je le serai, dis-je en me précipitant dans la cuisine pour prendre mon sac.

Je conduisis jusqu'à la maison de ma mère, me garai dans l'allée et utilisai ma clé pour entrer. Si quelqu'un voyait ma voiture, personne ne s'en inquiéterait. C'était la maison de ma mère après tout, et il m'arrivait d'y passer pour une visite.

J'entrai et trouvai immédiatement la boîte qu'elle avait prise de l'usine. Je regardai à l'intérieur pour y découvrir des bocaux. Certains étaient vides, et d'autres contenaient divers liquides. Un bocal contenait ce qui ressemblait presque à une pommade. Je n'osai toucher à rien.

Je fis rapidement le tour de la maison et ne trouvai rien d'autre qui semblait suspect. Ne voulant pas tenter le diable, je partis et retournai à la boulangerie.

— Alors ? demanda Daphne en me suivant dans la cuisine.

Je secouai la tête. — Je ne sais pas. La boîte que je l'ai vue prendre à l'usine hier soir contenait un tas de bocaux vides avec des étiquettes décolorées. Quelques-uns des bocaux contenaient du liquide et un autre avait une sorte de pommade ou quelque chose comme ça. Je n'y ai pas touché.

Elle hocha la tête. — Il faut qu'on étudie ce livre. Plus tard. Quand nous ne serons pas ici.

— Elles en savent plus qu'elles ne disent. Pourquoi d'autre prendraient-elles ces bocaux ?

Daphne frissonna visiblement. — Je ne sais pas, et je ne suis pas sûre de vouloir savoir.

Elle disparut vers l'avant, me laissant à nouveau seule avec mes pensées. Je chargeai un plateau de biscuits frais et me dirigeai vers l'avant. Je m'arrêtai net quand je vis George debout à la caisse, en train de parler avec Daphne.

— Bonjour, Violet, dit-il, comme si nous étions de vieux amis.

— Bonjour, George, dis-je, essayant d'être polie.

— Comment ça va ? demanda-t-il.

— Bien.

— Je suis sûr que vous avez entendu parler de mon jeune protégé. Une vraie honte. Je n'arrive pas à croire qu'il soit mort comme ça, marmonna-t-il.

— C'est très triste. Veuillez transmettre mes condoléances à sa famille.

Il acquiesça. Je pouvais voir qu'il voulait en dire plus. Je me préparai mentalement à ce que je pressentais être une conversation irritante ou gênante.

— Harold a-t-il commencé son enquête ? demanda-t-il.

— Quelle enquête ? demandai-je, décidant de rester cool.

— Je sais qu'ils ont fait pratiquer une autopsie de Harry par le médecin légiste d'État, et il y a eu des résultats préoccupants, offrit-il.

Je haussai une épaule. — Je n'en avais pas entendu parler, mentis-je, refusant de jouer le jeu de cet homme.

— Hmm, étrange, j'ai entendu dire qu'Harold regardait de nouveau du côté de l'usine.

— Je ne sais pas. Comment va votre émission, George ? répliquai-je, lui faisant comprendre que je savais qu'il fouinait encore dans mes affaires.

— Ça se passe plutôt bien. Nous faisons des recherches et nous préparons à tourner.

— Vraiment ? Des recherches ? demandai-je en haussant un sourcil.

— Oui, des recherches, parler avec les gens de la ville, ce genre de choses, répondit-il vaguement, bien qu'il changeât de position, une expression d'inconfort traversant son visage.

Bien, il devrait être mal à l'aise. Cet homme avait pris l'habitude d'entrer par effraction sur ma propriété. Je me contentai de hocher la tête. Il n'admettait pas avoir été dans l'usine, ce qui était ridicule. Nous savions tous les deux qu'il y était allé. Il l'avait même admis à la police. Pensait-il vraiment qu'ils ne me le diraient pas ?

— Eh bien, j'espère que vous trouverez ce que vous cherchez. Que se passe-t-il si vous ne trouvez rien ? Vous inventez des choses ? demandai-je, feignant d'être sincèrement intéressée, mais nous savions tous les deux où je voulais en venir.

— Nous sommes fiers de découvrir de véritables phénomènes surnaturels et autres événements. Nous n'inventons jamais rien. Je pensais que vous croiriez au monde surnaturel.

— Pourquoi penseriez-vous cela ? demandai-je, le mettant au défi de dire ce qu'il avait en tête.

Il eut un petit sourire en coin. — En grandissant dans cette ville, vous avez forcément entendu les histoires sur les sorcières qui y vivaient. Votre famille fait partie des familles fondatrices de Lemon Bliss, n'est-ce pas ?

Je refusai de le laisser me provoquer. S'il réussissait à me faire sortir de mes gonds, il gagnerait. Je dirais quelque chose qu'il utiliserait contre moi. Je comptai mentalement jusqu'à trois avant de lui sourire.

— Oui, ma grand-mère a fondé l'usine de thé au citron, d'où le nom. Nous sommes tous très fiers de notre héritage. C'est bon d'avoir des racines.

Il hocha lentement la tête. — Peut-être nous accorderez-vous une interview pour notre émission. J'adorerais entendre certaines des vieilles histoires qui ont été transmises à travers les générations.

Ricanant, je répondis : — Je suis désolée, je ne fais pas d'émissions de téléréalité de série D, mais merci de demander.

Sa bouche s'ouvrit en grand, tandis que je me retournais et retournais dans la cuisine, le laissant me regarder bouche bée. J'entendis Daphne pouffer de rire tandis que je passais devant elle.

Je n'étais pas d'humeur à le supporter. Il mentait effrontément, comme tout le monde dans cette ville. J'en avais plus qu'assez de gérer ça.

CHAPITRE NEUF

Daphne et moi avions décidé d'aller prendre un café après la fermeture de la boulangerie pour discuter du livre qu'elle avait rapporté de La Nouvelle-Orléans. Je suis arrivée avant elle au café et j'étais ravie de le trouver presque vide. Cela signifiait que nous aurions de l'intimité. Après avoir commandé des cafés pour nous deux, j'ai pris quelques sandwichs. J'avais eu ma dose de sucre et j'avais besoin de protéines. Commande en main, je me suis installée à ma table préférée dans le coin au fond et j'ai attendu Daphne.

— Salut, dis-je en regardant l'énorme sac qu'elle portait. C'est quoi ça ?

— C'est mon sac d'ordinateur portable.

— Tu as apporté ton ordinateur ? demandai-je, confuse.

— Non, il cache le livre. Je ne voulais pas me promener en ville avec un livre sur les anciens sorts et rituels, surtout avec tout ce qui se passe. Sérieusement, tu n'as pas fait attention ?

J'ai éclaté de rire. — Je t'ai vu devenir un peu folle. Tu nourris ta propre paranoïa. Personne ne va dévisager ton livre.

— Ce n'est pas de la paranoïa si c'est vrai, répliqua-t-elle.

— D'accord, d'accord, montre-moi ce que tu as.

Elle jeta un coup d'œil autour du café avant de sortir le gros livre de son étui. Elle posa le livre sur la table, puis plaça le sac sur le bord de la table pour cacher partiellement le livre. Je réprimai mon rire.

— On devrait vraiment faire ça chez toi ou chez moi. Je n'arrive pas à croire que j'ai sorti ce truc en public, siffla-t-elle.

— Détends-toi. Il n'y a personne de toute façon, et même s'il y avait quelqu'un, personne ne ferait attention à un vieux livre. Agis normalement. Mange ton sandwich et fais comme si tu sortais dîner tôt avec une amie.

Levant les yeux au ciel, elle prit une gorgée de son café. Je me penchai et ouvris le livre. — OK, explique-moi ce que je regarde.

— L'aconit, dit-elle en feuilletant quelques pages du livre. Regarde.

Je lus l'entrée sur l'aconit et ses nombreuses utilisations dans divers sorts, ainsi que la façon dont les sorcières fabriquaient des potions curatives et des onguents pour une grande variété de maux. Cela semblait être une plante plutôt inoffensive.

— Je ne vois pas comment c'est la cause du décès, dis-je en levant les yeux vers Daphne.

— Continue à lire, ordonna-t-elle.

Je repris ma lecture et me sentis soudain mal. — Oh mon Dieu, murmurai-je. C'est absorbé par la peau ?

Elle acquiesça. — Oui, continue à lire.

— Vomissements, diarrhée et sensations de picotements dans les membres, lus-je à haute voix, mon estomac se nouant à mesure que je lisais. Il aurait eu des vertiges. Oh là là, il a dû avoir tellement peur. Pourquoi n'est-il pas allé à l'hôpital ?

— Je ne sais pas.

— Peut-être à cause de la confusion provoquée par le poison. Essoufflement puis une crise cardiaque en gros. C'est affreux, marmonnai-je. Oh, je me sens terriblement mal pour lui. Il a dû être seul. Personne n'aurait remarqué qu'il avait du mal à respirer ?

— Ça peut arriver assez vite. Peut-être qu'il dormait et ne s'est jamais réveillé. Nous ne connaissons aucun détail, expliqua-t-elle.

— J'espère que ça a été rapide et sans douleur pour lui.

La lecture des effets du poison m'avait coupé l'appétit. Je n'imaginais pas ma mère travailler avec ce truc sans jamais le toucher accidentellement.

Quand quelques clients entrèrent, Daphne se pencha par-dessus la table. — Range-le, chuchota-t-elle, tirant le livre et le glissant dans le sac d'un seul mouvement fluide.

— Qu'est-ce que tu fais ? demandai-je à voix basse. Je n'avais pas fini de lire.

— Regarde, siffla-t-elle.

Levant les yeux, je vis Lila et Harold entrer dans le café.

— Oh.

— Oui, oh. Je ne veux pas que Lila sache qu'on enquête là-dessus. Elle le dira à ma mère et c'est une boîte de Pandore que je ne veux pas ouvrir.

— Ils sont ensemble ? demandai-je, ignorant son inquiétude d'être découverte.

Daphne se retourna pour regarder et sourit. — Ça y ressemble bien. Tu crois qu'elle l'a encore ensorcelé ?

— Je ne sais pas. Elle a dit qu'elle ne le ferait plus. Il n'agit pas comme s'il l'était. Je repensai à notre conversation. J'avais effectivement dit à Lila de jeter un autre sort d'amour. Elle avait dit qu'elle ne le ferait pas, mais peut-être avait-elle changé d'avis.

Nous les avons observés quelques secondes de plus avant qu'ils ne se retournent et nous surprennent en train de les regarder. Lila sourit et nous fit signe avant de prendre la main d'Harold et de le traîner vers nous.

— Salut les filles. Que faites-vous ici ? Vous n'avez pas votre propre café ? demanda Lila avec son entrain habituel.

— Si, mais là-bas on doit se servir nous-mêmes. Ici, on est clientes. Et puis, la boulangerie est fermée, fit remarquer Daphne.

Harold semblait mal à l'aise, debout à côté de la table.

— Bonjour, Harold, dis-je avec un sourire. J'aimais bien qu'il soit mal à l'aise. C'était habituellement lui qui me mettait dans cet état. Je voulais savourer ce moment, aussi bref soit-il.

— Vous êtes venus prendre un café ? demandai-je.

Lila rayonnait. — Oui. C'est notre premier rendez-vous café officiel.

— Voyons Lila, inutile de lancer des rumeurs, dit Harold.

Elle lui donna une tape sur l'épaule. — C'est bien ça. Ne le nie pas. On ferait mieux de vous laisser à vos boissons. Harold n'a que peu de temps, et je veux passer chaque minute avec lui, dit Lila avec un clin d'œil.

— Amusez-vous bien, dis-je en les saluant négligemment tandis qu'ils s'éloignaient.

Daphne attendit qu'ils soient au comptoir avant de se pencher vers la table. — Un sort ?

Je plissai le nez. — Je ne sais pas. Si quelque chose, c'est elle qui avait l'air folle de lui et pas l'inverse. Il semblait un peu gêné.

Elle a ri. — Peut-être que c'est Harold qui l'a ensorcelée. Il l'utilise pour obtenir des informations pour son enquête. Ou peut-être qu'il travaille avec les enquêteurs du surnaturel et qu'ils espèrent que Lila tombera amoureuse d'Harold et révélera tous ses secrets ! Peut-être qu'ils ont trouvé un sort et découvert comment utiliser la magie.

J'ai levé les yeux au ciel. — Dans ce petit fantasme que tu as imaginé, Harold est-il une sorcière, un sorcier, ou autre chose ?

Elle a haussé les épaules. — On ne peut jamais en être sûr, n'est-ce pas ?

— Je pense qu'on peut. Harold est la personne la moins magique que je connaisse.

Elle a gloussé et a sorti le livre une fois de plus. — Alors, penses-tu qu'ils ont utilisé l'aconit ?

J'ai secoué la tête. — Je ne sais pas. Nos mères ne l'utilisent peut-être pas, mais c'est peut-être ce qui se trouve dans les pots. Le livre dit que c'était utilisé comme tue-mouches dans le temps. Je ne serais pas surprise qu'elles préfèrent les anciennes méthodes aux rubans attrape-mouches plus modernes.

Daphne a hoché la tête. — Et c'est pourquoi Lila et ta mère nettoyaient les pots. Elles ne voulaient pas que nous sachions et pensaient pouvoir se débarrasser de ce truc avant que nous posions trop de questions. Que penses-tu qu'elles vont faire avec ça ?

— Je n'en ai aucune idée. Pourquoi ne nous ont-elles pas simplement dit qu'elles savaient qu'il y avait de l'aconit à l'usine ? Le fait qu'elles le gardent secret me rend suspicieuse. Si ce truc est vieux et traîne là depuis des années, elles auraient pu simplement nous le dire, ai-je fait remarquer.

— Regarde ça, a dit Daphne, en montrant la page qui incluait une image de la plante dont dérive l'aconit. — Il est écrit qu'il faut porter des gants pour la cueillir. C'est un peu effrayant. Je ne pense pas que je cueillerais une fleur qui pourrait me tuer simplement en la touchant.

— Je n'avais aucune idée que c'était si toxique. Regarde cette fleur. Est-ce qu'elle te semble familière ?

Daphne a ri. — Je n'ai pas la main verte. Toutes les fleurs se ressemblent pour moi.

— Nous devons vérifier si cette plante pousse dans les fleurs de ma grand-mère !

Ses yeux se sont écarquillés quand elle a compris. — Oh non ! Tu penses qu'elles la cultivaient et la récoltaient réellement ? Il pourrait y avoir plus de pots remplis de ce truc dans l'usine.

— Nous devons vérifier les fleurs chez tout le monde, ai-je dit. — Nous savons qu'elles cultivent beaucoup de leurs propres herbes pour leurs sorts et potions.

— Violet, si nous avons découvert ça, la police ne mettra pas long-temps à le faire. Et s'ils commencent à chercher la plante et la trouvent ? Et s'ils fouillent l'usine ? a-t-elle demandé, son ton devenant strident.

— Détends-toi. C'est peut-être une bonne chose qu'elles nettoient ces pots. Nous chercherons la plante demain. C'est un grand pas pour eux de supposer que l'un d'entre nous a quelque chose à voir avec l'em-poisonnement. De plus, il y a toujours la possibilité que Harry en ait eu chez lui, ou peut-être même George. Je ne pense pas que nous devions paniquer tout de suite, l'ai-je rassurée.

Elle n'avait pas l'air très convaincue, mais elle n'a pas eu la chance d'en dire plus quand Lila est soudainement réapparue à notre table. Elle a traîné une chaise supplémentaire et s'est assise. Daphne a rapi-dement fourré le livre dans la sacoche de l'ordinateur portable et l'a posée par terre à côté d'elle.

— Harold a dû retourner travailler, a-t-elle dit, son regard se

portant sur la sacoche d'ordinateur par terre près de la chaise de Daphne. — Qu'est-ce que c'est ?

— Mon ordinateur portable. Ce dîner devait être de travail, mais nous pouvons nous soucier de tous les chiffres et de la planification demain, a dit Daphne avec aisance.

— Oh bien. Tu dois prendre une pause. Tu vas t'épuiser si tu travailles tout le temps. Profite un peu de ton succès.

J'ai hoché la tête en signe d'accord. — Harold travaille tard aujourd'hui. Il ne travaille pas normalement aussi tard, n'est-ce pas ? ai-je demandé, essayant de voir ce qu'elle savait.

— Il y a une grande enquête sur laquelle il travaille, a-t-elle dit avec un sourire.

— Nous ? L'usine ? ai-je demandé.

— Je ne sais pas. Il ne me l'a pas dit. Je n'ai pas posé trop de questions, et je ne veux pas être trop évidente, a-t-elle expliqué.

— Je pense qu'il enquête sur l'usine, ai-je déclaré, testant sa réaction.

— Tu penses ? a-t-elle demandé, avec nonchalance. — Qu'est-ce qui te donne cette idée ?

— Parce qu'il enquête toujours sur l'usine, et puis il m'y a emmenée l'autre jour, lui ai-je rappelé.

— Oh ça. Elle a balayé mes mots d'un geste de la main. — Il est juste prudent. Ne laisse pas Harold t'inquiéter. J'ai tout ça sous contrôle.

Daphne et moi avons échangé un regard.

— Qu'est-ce que ça veut dire ? a demandé Daphne. — As-tu lancé un autre sort d'amour ?

— Non ! a rapidement répondu Lila. — Je garde un œil sur l'usine. Personne n'y entre sans que je le sache.

J'ai failli m'étouffer avec ma gorgée de café. — Quoi ?

Ce n'était pas que je ne savais pas qu'elle était allée là-bas. Bon sang, j'avais secrètement observé elle et ma mère, mais ça m'inquiétait qu'elle y soit trop souvent.

— J'y fais des visites régulières. Personne ne va rôder par là. Si j'attrape cet homme près de l'usine, je lui ferai regretter, a-t-elle prévenu.

— Lila, vraiment, nous en avons parlé. Laisse Harold s'occuper de tout ça. Ça pourrait être dangereux. Il n'y a rien que quelqu'un puisse trouver ou voler, ai-je insisté.

Elle a haussé une épaule, ne s'engageant à rien. Cela m'inquiétait plus que tout. Il semblait que peut-être Lila, plus que quiconque, avait quelque chose à cacher.

CHAPITRE DIX

J'ai retiré mes chaussures et je me suis adossée sur le canapé. Mon esprit tournait encore à toute vitesse. Je ne savais pas si je devais avoir peur de Lila, ou avoir peur *pour* elle. Je la connaissais depuis toujours. Je ne pouvais pas imaginer qu'elle puisse faire quoi que ce soit qui mettrait quelqu'un en danger, mais c'était avant que je ne découvre son statut de sorcière. Il y avait une possibilité que Lila soit bien plus complexe que je ne l'avais jamais envisagé.

J'aurais aimé pouvoir parler à ma mère. Je ne pouvais pas croire qu'elle serait véritablement impliquée dans quelque chose de maléfique ou de malveillant, mais je devais m'avouer que c'était une possibilité.

Un coup à la porte me fit sursauter. Mon cœur s'accéléra d'un cran, et j'avalai la tension qui nouait ma gorge. Après quelques respirations profondes, je me levai pour regarder par la fenêtre. Je faillis m'effondrer de soulagement en voyant Gabriel debout sous la lueur de ma lampe de porche.

— Salut ! dis-je en ouvrant la porte. Je ne t'attendais pas.

Il sourit et entra. — Tant mieux. J'espérais te surprendre.

— C'est réussi.

Je verrouillai la porte derrière lui, une habitude que j'avais prise seulement ces deux derniers mois. Quand j'avais emménagé à Lemon

Bliss, je me sentais parfaitement en sécurité. Ce sentiment avait disparu après que j'ai été attaquée juste devant chez moi. Certes, tout cela avait été un malentendu, mais ça m'avait quand même rendue anxieuse et prudente.

— Tu es occupée ? demanda-t-il.

— Non. J'essaie juste de me détendre et de me relaxer.

Je lui fis signe vers le canapé et le suivis, m'asseyant en angle par rapport à lui.

Il alla droit au but. — Bon, qu'est-ce qui se passe ? Tu as l'air préoccupée.

— Tu veux une bière fraîche ?

— Oh oh. C'est si grave ?

Je soupirai. — Oui.

— Alors oui, s'il te plaît.

Je me dirigeai vers la cuisine et pris deux bières froides dans le frigo avant de retourner au salon.

Me laissant tomber sur le canapé à côté de lui, je lui tendis une bière. Il passa un bras autour de mes épaules et me serra contre lui. — Dis-moi ce qui se passe.

— Est-ce que toi et George êtes toujours en bons termes ? lui demandai-je.

Il ricana. — Pas vraiment. Depuis que je l'ai accusé d'avoir volé des objets du musée, on ne peut pas dire qu'on soit amicaux. Je l'ai croisé en ville quelques fois, et bien qu'il n'ait jamais cherché à être impoli, il n'a pas été amical et moi non plus. Pourquoi ?

— J'ai besoin de savoir où Harry a trouvé ce poison. J'ai besoin de savoir si c'était dans l'usine, ou s'ils ont fouiné dans d'autres tanières de sorcières.

Il rit. — Je ne savais pas que les sorcières avaient des tanières. C'est comme un repaire ? plaisanta-t-il.

— Gabriel, c'est sérieux. Tu ne pourrais pas essayer d'être gentil avec lui ?

— Pourquoi je voudrais ça ? Tu ne l'aimes pas, et par extension, ça veut dire que je ne l'aime pas non plus.

— Je ne te demande pas d'être les meilleurs amis du monde, dis-je sèchement. J'ai juste besoin que tu découvres ce qu'il fait en ville.

— D'accord, d'accord. Je vais essayer. Je peux l'inviter lui et ses copains enquêteurs du paranormal pour un barbecue. C'est suffisant ? demanda-t-il.

— Ça me semble être un bon plan.

Nous nous sommes adossés, buvant chacun notre bière en silence. Je sentais qu'il voulait dire quelque chose.

— Dis-moi ce que tu as en tête. Tu penses que je suis folle, c'est ça ?

Il haussa une épaule. — Je ne sais pas si tu es folle, mais tu t'inquiètes beaucoup.

— Hé. J'essaie seulement de t'aider à te faire des amis.

— Ouais, c'est ça. Tu es curieuse, et tu veux que je t'aide à fouiner.

J'ai pris une longue gorgée de ma bière. — En fait, ce sont George et ses potes qui sont les curieux. Ce sont eux qui continuent à s'introduire dans mon usine, dis-je avec hauteur.

— Ok, je te l'accorde. Si George et ses amis se sont vraiment introduits dans l'usine, tu as le droit de savoir ce qu'ils ont trouvé, ou espéraient trouver. Je parie que c'était juste une pêche à l'aveugle, en espérant trouver quelque chose qui tienne la route. George veut se faire un nom dans le monde du paranormal. S'il peut trouver ne serait-ce qu'un petit élément qu'il considère comme une preuve du surnaturel, il gagne, expliqua Gabriel.

— Je sais et je comprends. Je ne lui reproche pas d'essayer. Je ne peux certainement pas lui en vouloir de croire au surnaturel, mais pas dans mon usine. Il ne peut pas connaître mon monde surnaturel. Il y a plein d'autres personnes là-bas qui étalent leurs pouvoirs. Pourquoi ne va-t-il pas après elles ? me plaignis-je.

— Parce qu'elles sont trop faciles. Les gens les connaissent déjà. Lemon Bliss est intrigant parce que ça reste l'un des secrets les mieux gardés de Louisiane. Il y a toujours eu des rumeurs, mais personne n'a jamais pu prouver qu'elles étaient vraies. George veut être ce gars-là.

— Eh bien, il n'a pas le droit de continuer à s'introduire dans mon usine.

Gabriel rit et m'embrassa le sommet de la tête en me serrant contre lui. — Tout va bien se passer, Violet.

— Je ne sais pas. Je pense que ça va continuer si on n'y met pas un terme définitif. George doit passer à autre chose.

— Comment proposes-tu de le faire passer à autre chose ?

— Lila a suggéré un sort pour lui faire oublier, à lui et à tous ses copains, la présence surnaturelle à Lemon Bliss, dis-je doucement.

— Non ! Tu ne peux pas la laisser faire ça, Violet. Ce n'est pas correct de manipuler l'esprit de quelqu'un. Peu importe à quel point il est pénible. Dis-moi que tu lui as dit de ne pas le faire ?

— Bien sûr que je l'ai fait, mais Lila fait ce que Lila a envie de faire.

— Ça dépasse les bornes, dit-il fermement. Je ne veux pas en faire partie. Je ne peux pas être complice.

— Espérons qu'elle ne le fera pas. En attendant, je dois faire un meilleur travail pour sécuriser l'usine. J'ai pensé à brûler l'endroit. Ça résoudrait le problème une bonne fois pour toutes.

— Non ! dit-il, se redressant et se tournant pour me regarder. Violet, c'est de la folie. La police enquêtera et découvrira que l'usine n'avait rien à voir avec la crise cardiaque d'Harry.

Je soupirai. — J'espère bien. Je sais que c'est fou de vouloir la brûler, mais je suis sérieuse quand je dis vouloir mieux sécuriser l'usine. Tu m'aideras ?

— Bien sûr, ma chérie. Je ferai tout ce dont tu as besoin.

Me penchant en avant, je l'embrassai. — J'ai trouvé une fenêtre qu'ils utilisaient pour entrer. Je l'ai verrouillée, mais je pense qu'il serait préférable de condamner toutes les fenêtres du rez-de-chaussée.

Il haussa les épaules. — C'est assez facile à faire.

— Je veux aussi condamner les portes, murmurai-je.

Il me regarda. — Quoi ?

J'acquiesçai. — L'usine est immense. Si nous ne condamnons pas tous les points d'entrée, ça ne fait qu'inviter les curieux à essayer d'entrer.

— Violet, tu ne peux pas faire ça. Où est-ce que vous tiendrez vos réunions ?

Je haussai les épaules. — Je ne sais pas, et ça m'est égal.

— Non, ce n'est pas vrai.

— Gabriel, je ne pourrai pas vivre avec moi-même si une autre personne meurt à cause de ce qu'il y a dans cette usine. Peut-être que les deux morts étaient accidentelles, mais les hommes sont quand même morts. Leurs familles ont toujours perdu un être cher.

— Je comprends, vraiment, mais ne fais rien de précipité tant que tous les faits ne sont pas établis.

Je levai les yeux au ciel. — Les faits sont que l'usine est un foyer d'activité paranormale ou surnaturelle. Les enquêteurs semblent penser que c'est une sorte de conduit. J'y crois presque quand je vois à quel point ma mère et les autres femmes protègent cet endroit.

— Peut-être parce qu'elle est vieille et que la propriété est dans ta famille depuis des générations. Je suis sûr qu'il y a une valeur sentimentale. La sorcellerie est profondément ancrée dans la tradition. Je comprends pourquoi elles craindraient le changement, expliqua-t-il.

— Je comprends ça, Gabriel. Vraiment, mais je déteste que ce soit un si grand risque. J'ai l'impression que c'est une source de problèmes dans ma vie et que ça le sera toujours si je ne change pas quelque chose.

Il se pencha en arrière et me serra à nouveau contre lui. — Ça ne doit pas l'être. Cette usine est là depuis des décennies. Le problème, c'est George. Et ce n'est pas nécessairement George, mais l'intérêt pour le surnaturel en général. C'est un grand truc en ce moment, mais seulement en ce moment. L'intérêt finira par s'estomper.

— Et si un autre homme meurt ? Et si quelqu'un va trop loin, s'introduit dans l'usine et se blesse gravement ? Je sais que j'en suis responsable.

— Condamnons les fenêtres. Nous renforcerons les serrures et condamnerons la porte d'entrée.

— Ça me va pour l'instant. Mais s'il s'avère que George ou quelqu'un d'autre réussit encore à entrer, j'envisagerai sérieusement de la brûler, dis-je fermement.

Les yeux de Gabriel se plissèrent aux coins quand il sourit. — D'accord, mais pense aux autres sorcières. Ton coven dépend beaucoup de toi et de ce lieu de réunion. Je sais que vous pourriez techniquement vous retrouver n'importe où, mais tu ne peux pas nier qu'il y a quelque chose de spécial à se rassembler dans un endroit où tes ancêtres se sont autrefois réunis.

— Je t'entends. Pouvons-nous aller nous coucher maintenant ? Je suis épuisée.

Baissant la tête, il déposa un baiser dans le creux de mon cou avant de se lever. Il prit la bouteille vide de ma main et l'emporta dans la cuisine. — Je monte dans une minute.

Je montai l'escalier, lasse de m'inquiéter. Je comprenais ce que Gabriel voulait dire à propos de l'usine. La propriété avait accueilli les rassemblements du coven depuis aussi loin que quiconque s'en souvienne. Ma mère et les autres disaient que nos pouvoirs y étaient plus forts en raison de la magie résiduelle dans la pièce. On pouvait presque sentir tous nos ancêtres lorsque nous récitions des incantations. C'était une expérience puissante, mais je devais considérer le long terme pour nous toutes. Chacune d'entre nous risquait de perdre beaucoup s'il y avait une enquête officielle sur l'usine.

C'était un risque que je n'étais pas prête à prendre. D'un côté, je pouvais affaiblir notre coven en détruisant notre lien avec le passé. De l'autre, je pouvais ruiner nos vies si l'une ou toutes d'entre nous étaient révélées être des sorcières. Pas seulement des sorcières, mais des sorcières pratiquantes avec de véritables pouvoirs magiques.

C'était beaucoup à penser, mais ce soir, j'allais mettre ça de côté. J'avais besoin de repos. Gabriel entra dans la chambre derrière moi.

— Laisse tomber, murmura-t-il dans l'obscurité. Les choses s'arrangeront d'elles-mêmes. Et quoi qu'il arrive, je suis là.

CHAPITRE ONZE

J'ai fait la grasse matinée, mais ce n'était pas un accident. Gabriel m'avait réveillée à mon heure habituelle pour me dire que Daphne lui avait envoyé un message lui demandant de me laisser dormir un peu plus. J'ai failli protester, mais j'ai décidé de ne pas le faire. J'étais épuisée et j'avais besoin de sommeil. La boulangerie pouvait attendre.

Quand j'ai finalement quitté mon lit, je me sentais revigorée et prête à affronter la journée, y compris tous les problèmes qui allaient sûrement l'accompagner. J'avais quelques courses à faire avant de me rendre à la boulangerie.

Mon premier arrêt était au bureau de poste. J'étais en train de fouiller dans mon courrier quand la voix de ma mère m'a brusquement ramenée à la réalité.

— Maman ? ai-je dit en levant les yeux et en la voyant au comptoir principal avec un grand carton.

— Oh. Salut Violet. Que fais-tu ici ? Tu ne devrais pas être au travail ?

J'ai observé la boîte qui semblait avoir été entourée d'un rouleau entier de ruban adhésif avec le mot « FRAGILE » écrit en grandes lettres rouges sur tous les côtés.

— J'ai pris ma matinée, ai-je expliqué, en examinant la boîte.

Ce n'était ni la même boîte que celle de sa cuisine, ni celle de l'usine.

— Oh c'est bien, tu mérites une pause, a-t-elle dit.

J'ai croisé son regard. — Qu'est-ce que tu as là ?

— Oh, juste quelques trucs que j'envoie à une vieille amie, a-t-elle répondu.

Elle a changé de position, ses yeux évitant les miens. J'ai senti qu'elle était nerveuse. L'employé postal a collé une étiquette sur le colis et l'a emporté derrière le comptoir.

— Quels trucs ? ai-je insisté.

— Oh, rien de spécial. Juste quelques objets qu'une amie recherchait. Je les ai achetés à La Nouvelle-Orléans lors de mon voyage shopping, a-t-elle ajouté.

Je me détestais de penser ça, mais je ne la croyais pas. Ma mère mentait effrontément. Elle a payé l'expédition puis s'est tournée vers la sortie. Je l'ai suivie dehors.

— Maman, c'était quoi cette histoire ? Ne me dis pas que tu envoyais des trucs à une amie. Je ne suis pas idiote. Je sais que ce n'est pas vrai.

Elle m'a regardée droit dans les yeux. — C'est exactement comme je l'ai dit, et je n'apprécie pas que tu me questionnes ainsi.

— Je n'apprécie pas que tu me mentes.

— Violet, je déteste te dire ça, mais je n'ai pas à te raconter tout ce que je fais. Je n'ai pas besoin de te rendre des comptes ou de te demander la permission pour quoi que ce soit. J'ai ma propre vie privée qui ne te concerne pas, a-t-elle dit d'un ton ferme.

— Maman, je n'ai pas besoin de connaître chaque détail de ta vie. Tu as parfaitement raison. Cependant, toi et Lila et les autres tramez quelque chose. Je mérite de savoir ce que c'est.

Elle a souri avec crispation. — Violet, je vais te le dire une dernière fois. Ce que je fais, ou ce que font les autres dames, ne te regarde absolument pas. Mêle-toi de tes affaires !

Ma mâchoire est tombée. — Maman !

Elle a levé une main couverte de bijoux. — Non. J'en ai assez que tu nous accuses constamment, moi et les autres, de manigancer quelque chose. Tu as clairement fait comprendre que tu ne fais confiance à aucune d'entre nous et c'est très bien. Mais ne t'attends pas à ce que je reste plantée là à me faire interroger simplement parce que j'envoie un colis.

— Je suis désolée, ai-je marmonné. — Les choses semblent juste... bizarres. Je n'ai pas besoin de tout savoir. Mais là c'est différent. Et quoi que ce soit, c'est sérieux. Je crains qu'on ne se retrouve toutes en prison pour meurtre, que ce soit intentionnel ou non.

— Tu exagères comme d'habitude, Violet. Je dois y aller, a-t-elle dit avant de se diriger vers sa voiture.

Je suis restée sur le trottoir à la regarder partir, lasse que les gens me disent de me mêler de mes affaires. Je ne me considérais pas comme une fouineuse. Oui, je voulais savoir s'il se passait quelque chose de dangereux ou d'illégal impliquant des personnes que j'aimais, sur une propriété qui m'appartenait. Cela ne faisait pas de moi une fouineuse.

Ma motivation initiale pour faire quelques courses s'était évaporée. Je me suis dirigée vers la boulangerie. Me perdre dans la pâtisserie apaiserait ma tension.

— Oh oh, a dit Daphne dès qu'elle a vu mon visage quand j'ai franchi la porte d'entrée de la boulangerie.

J'ai soupiré. — Oh oh, c'est bien ça. Je viens de provoquer un désastre colossal.

— Oh, Violet. Tu étais censée faire la grasse matinée et te détendre, pas sortir pour causer des problèmes. Je vais devoir engager une baby-sitter pour t'empêcher de t'attirer des ennuis, a-t-elle dit.

Jack, l'un de nos nouveaux employés, se tenait au comptoir à côté de Daphne. Il a souri et m'a fait un signe de la main.

— Salut Jack, ai-je dit en passant et en me dirigeant vers la sécurité de ma cuisine.

Daphne m'a suivie. — Que s'est-il passé ?

— Ma matinée avait bien commencé et puis je suis allée au bureau de poste.

— Tu as reçu un message de l'encrier ? a-t-elle plaisanté, faisant référence à l'un de nos problèmes antérieurs dans ce fiasco avec les enquêteurs du paranormal.

— Non, mais j'ai vu ma mère.

Elle a souri. — Ça n'a pas pu être si terrible.

— Si, ça l'a été. Elle envoyait un colis. C'était bizarre. La boîte était enveloppée avec une tonne de ruban adhésif, comme si elle avait peur que quelqu'un essaie de regarder à l'intérieur. Elle avait griffonné « fragile » sur presque toutes les surfaces disponibles.

— C'est étrange.

— Je te le fais pas dire. Et quand je lui ai demandé ce que c'était et à qui elle l'envoyait, elle est devenue très défensive. Nous avons fini par nous disputer dehors. Je lui ai dit que je m'inquiétais pour elle et les autres et que je savais qu'elle ne disait pas la vérité. Elle m'a carrément dit de me mêler de mes affaires.

Jack a appelé à l'aide à l'avant. Daphne s'est précipitée. Je me suis occupée de la cuisson et de la préparation pour la grande séance de préparation que Daphne et moi faisions une fois par semaine. Cela signifiait que nous travaillerions tard ce soir, mais j'adorais ce moment. La boulangerie serait fermée, et nous pourrions parler librement tout en écoutant de la musique. C'était amusant et relaxant.

La journée a filé. Quand la boulangerie a fermé, j'ai poussé un soupir de soulagement. J'étais heureuse d'avoir traversé la journée sans visites surprises de ma mère ou des autres sorcières. Je n'étais pas d'humeur à me battre avec elles après le premier round avec ma mère ce matin.

— Je vais te dire quelque chose et tu ne vas pas aimer ça, a dit Daphne dès que Jack est parti. En nouant un tablier, elle s'est appuyée contre la table de travail en face de moi.

— Oh non. Dis-moi.

— Ma mère a envoyé une boîte similaire. Je suis passée chez elle avant de venir travailler ce matin et le colis était posé sur la table de la cuisine. Elle a dit qu'elle était sur le point de sortir et m'a pratiquement poussée dehors avant que je puisse bien l'examiner, a-t-elle expliqué.

J'ai arrêté d'étaler la pâte devant moi et j'ai levé les yeux pour voir si elle était sérieuse. — Quoi ? ai-je crié. Et tu me le dis seulement maintenant ?

— Ce n'est pas comme si tu aurais pu faire quelque chose plus tôt, et je ne voulais pas te bouleverser davantage. De plus, nous avons été occupées et avec Jack ici, nous n'aurions pas pu en parler de toute façon. Calme-toi.

— Qu'est-ce qui se passe ? Quelles sont les chances que nos deux mères envoient des boîtes similaires ?

Daphne a haussé les épaules. — Je n'ai aucune idée de ce qui se passe. Ma mère était définitivement louche à propos de cette boîte.

— C'est une preuve, ai-je affirmé. Ça doit l'être. Elles savent que ce n'est qu'une question de temps avant que Harold ou la police d'État ne commencent à enquêter sur la mort de ce pauvre type. Elles envoient les preuves à quelqu'un, mais à qui ? Y a-t-il d'autres sorcières ?

— Bien sûr qu'il y a d'autres sorcières. Je ne sais pas qui elles sont ni où elles se trouvent, mais ça aurait du sens que nos mères connaissent d'autres sorcières. Je me demande si elles ont des congrès de sorcières ? a-t-elle demandé.

— Je ne sais pas. Nous n'avons pas le temps d'y penser maintenant. Nous devons savoir ce qu'elles cachent. Je n'arrive pas à croire qu'elles cachent vraiment quelque chose ! Je veux dire, avant, c'était comme si nous soupçonnions, mais nous ne savions pas vraiment avec certitude. Maintenant, nous savons avec certitude et je panique un peu. Ma voix sonnait stridente, même à mes propres oreilles.

— Calme-toi. On va trouver, Violet. Et si on ne trouve pas, c'est peut-être mieux ainsi. Je ne pense pas vouloir savoir si ma mère est impliquée dans un meurtre.

J'ai secoué la tête. — Daphne, nous devons savoir. Et si un soir, alors qu'on est dans la salle de réunion du coven en train de pratiquer nos sorts, la police fait une descente ? On pourrait toutes être envoyées en prison !

Elle a éclaté de rire. — Qui est paranoïaque maintenant ?

— Ce n'est pas drôle, Daphne !

— Non, ça ne l'est pas, mais nous n'avons pas besoin de passer en mode panique totale, n'est-ce pas ?

— Je vais m'introduire par effraction dans le bureau de poste et récupérer ces boîtes, ai-je dit, l'idée surgissant de nulle part.

Daphne a regardé sa montre. — Elles sont parties depuis long-temps. Je suis presque sûre que le dernier ramassage est à 16 heures.

— Non, ai-je gémi. Comment allons-nous savoir où ces boîtes vont, ou ce qu'elles contiennent ?

— On pourrait demander ?

— Euh, j'ai essayé ça. Ça ne s'est pas très bien passé.

Daphne a semblé pensive. — Violet, je pense que nous devons nous avouer que notre coven n'est pas si innocent.

— Je n'arrive pas à y croire.

— Je sais, c'est choquant, mais je pense que nous devons faire attention à ce que nous disons et faisons. Nous ne pouvons pas leur laisser savoir que nous sommes méfiantes. Ne confronte plus ta mère. Nous ne voulons pas les pousser trop loin.

Maintenant, c'était Daphne qui exagérait. — Elles ne nous feraient rien.

Elle m'a fixée. — S'il y a une chose que j'ai apprise depuis que nous avons découvert que nous étions des sorcières, c'est qu'elles sont *très* protectrices de leur secret. Il pourrait y avoir d'autres secrets du passé qu'elles doivent garder cachés. Peut-être que d'autres sont morts, mais personne n'a soupçonné un acte criminel.

J'ai secoué la tête, refusant de croire ce qu'elle me disait. Cela me retournait l'estomac. — Je n'arrive pas à croire que nous sommes toutes les deux revenues ici pour ça. Était-ce leur plan depuis le début ? Auraient-elles pu utiliser la sorcellerie pour nous faire venir ici ?

Elle a haussé les épaules. — Je pense que nous devons supposer que tout est possible à ce stade.

— Je ne veux pas croire ça... pas encore. Attendons de voir si Harold commence à poser des questions. Inutile de s'inquiéter avant l'heure, ai-je dit.

Elle a acquiescé. — D'accord. On va rester cool. Mais Violet ?

— Hmm ?

— Je n'irai à aucune réunion du coven jusqu'à ce que nous sachions ce qui se passe.

Je voulais lui dire qu'elle était trop dramatique, mais je partageais la même pensée. La dernière chose que je voulais faire était de me retrouver dans une pièce secrète au sous-sol d'un bâtiment abandonné... avec quatre femmes qui pourraient être ou ne pas être des tueuses.

Non merci, je vais passer mon tour.

CHAPITRE DOUZE

Chaque personne possède une conscience, cette petite voix censée nous guider dans la vie. Entre la conscience et le bon sens, la plupart des gens sont capables de prendre des décisions raisonnables et rationnelles. Je faisais partie des rares chanceux qui pouvaient jeter toute raison et rationalité par la fenêtre et faire des choses vraiment stupides sans y réfléchir à deux fois. Quelle chance j'avais.

— Je dois sortir un moment, annonçai-je à Daphne et Jack qui essuyaient les tables dans la salle à manger quelques jours plus tard.

Daphne haussa un sourcil. — Vraiment ?

J'acquiesçai. — Oui, je reviens tout de suite.

— Violet, dit Daphne, son ton chargé d'avertissement.

— Si quelqu'un demande, dites-leur que je suis trop occupée pour venir devant, dis-je avec un clin d'œil espiègle.

Je savais que Daphne comprendrait ce que je voulais dire. Si ma mère ou n'importe laquelle des sorcières passait, elles n'avaient pas besoin de se demander où j'étais.

— Sois prudente, me prévint-elle.

— Toujours, répondis-je en me dirigeant vers la cuisine pour sortir par la porte arrière.

Je traversai la ville en voiture et aperçus ma mère et Lila dans le seul salon de coiffure de la ville. Je descendis la rue principale et souris intérieurement quand je vis Coral et Magnolia ensemble au Crooked Coffee.

Parfait.

Mon premier arrêt fut chez Coral. J'utilisai mes pouvoirs pour déverrouiller sa porte arrière et entrai. J'inspectai la maison, cherchant des boîtes provenant de l'usine ou des colis prêts à être expédiés. Je ne trouvai rien de compromettant et partis rapidement, me dirigeant vers la maison de Magnolia. Une fois de plus, un simple mouvement de la main et j'étais à l'intérieur. Cette histoire d'entrée par effraction était un jeu d'enfant avec la magie. Je repoussai la pointe de culpabilité en me disant que c'était pour le bien commun.

Cela dit, je commençais à perdre espoir de trouver quoi que ce soit qui me donnerait un indice sur ce qu'elles cachaient, car je ne trouvais rien de suspect.

Après une autre visite à la maison de ma mère qui ne donna rien, j'envisageai de retourner à la boulangerie, mais je me dis que si j'en avais fouillé trois, autant fouiller la quatrième.

C'est dans la maison de Lila que je trouvai enfin un indice. Ce n'était rien de plus qu'une rangée de bocaux poussiéreux sur une étagère dans le sous-sol. Les bocaux ressemblaient à ceux de l'usine, mais je ne pouvais pas dire s'ils étaient exactement les mêmes. Je saisis l'un des bocaux et partis rapidement. J'avais assez tenté ma chance et je ne voulais pas risquer que l'une d'elles rentre et me trouve en train de fouiner.

Je retournai en voiture à la boulangerie, me glissant par la porte arrière et espérant que personne n'était passé me chercher. Après avoir attaché mon tablier, je me rendis à l'avant.

— Hé, me salua Daphne. Tout va bien ?

J'haussai légèrement les épaules. — Peut-être.

Elle hocha la tête et se tourna vers Jack. — Garde la boutique. Je reviens tout de suite.

Nous marchâmes ensemble vers la cuisine.

— Alors ? demanda-t-elle.

— Rien.

— Zut alors !

— Je sais. J'ai trouvé quelques bocaux dans le sous-sol de Lila. Je ne peux pas dire avec certitude s'ils sont du même type que ceux du sous-sol de l'usine, mais ils semblent similaires. Celui que j'ai pris contient quelque chose à l'intérieur.

Elle rit. — Des bocaux sont des bocaux. Qu'est-ce que c'est que ce truc ?

— Je n'en ai aucune idée, mais je me suis dit qu'on pourrait peut-être le faire analyser.

— Analyser, où ?

— Je ne sais pas.

— Violet, je ne pense pas que ce soit prudent pour toi de retourner là-bas.

J'acquiesçai. — C'est pourquoi j'en ai piqué un dans le sous-sol de Lila, pour ne pas avoir à y retourner.

— Tu as fait ça ? demanda-t-elle, les yeux écarquillés.

— Je ne pense pas qu'elle le remarquera. Il y en avait plein sur l'étagère et ils étaient tous poussiéreux. Je ne pense pas qu'elle les ait touchés depuis des années.

— Montre-moi, dit-elle avec excitation.

— C'est dans ma voiture. Je ne voulais pas l'amener ici.

— Alors, allons-y.

Nous sortîmes par l'arrière. En ouvrant la portière de ma voiture, je fouillai sous le siège et sortis le bocal à moitié rempli d'une substance blanche et grasse.

— Beurk, ça a l'air dégoûtant, commenta Daphne.

— Je sais. C'est à ça que ressemblait la substance dans l'usine. Pour moi, on dirait une pommade ou du saindoux.

— C'est donc un onguent ?

J'haussai les épaules. — Je n'en ai aucune idée. Ça pourrait être cet onguent à mouches dont nous avons lu dans le livre. Mais je ne vais certainement pas y toucher pour le découvrir.

— Il nous faut ce livre, dit Daphne. Je vais courir chez moi pour le chercher.

— Non ! Nous devons attendre. Je passerai chez toi après le travail. J'apporterai des plats à emporter, et si quelqu'un demande, nous pourrons dire que nous faisons une soirée entre filles.

Elle hocha la tête. — Bonne idée. N'oublie pas le vin.

Je ris et remis le bocal dans ma voiture. Le reste de la journée, tandis que je cuisinais, je réfléchissais à ce qui pouvait se trouver dans ces bocaux. Je ne pouvais m'empêcher de me demander s'il s'agissait de poison. La question à laquelle j'avais presque peur de répondre était comment cette substance s'était retrouvée dans le sous-sol de Lila et dans l'usine, si elle s'avérait être exactement la même chose qui avait causé la mort d'Harry.

Daphne et moi nous dépêchâmes de terminer nos tâches de fermeture, impatientes de nous rendre chez elle. Elle rentra chez elle pendant que je m'arrêtais à la petite épicerie de la ville pour acheter quelques pizzas surgelées et une bouteille de vin. Je ne pris pas la peine de passer chez moi avant de me rendre chez elle. J'envoyai un message rapide à Gabriel pour lui faire savoir que je passerais la soirée avec Daphne.

— Où est-ce ? demanda Daphne dès que je franchis la porte.

J'ai levé un sac en papier. — Je ne voulais pas y toucher plus que nécessaire. Et puis, si quelqu'un me voyait entrer ici, je ne voulais pas qu'il voie le pot.

Elle a souri. — Bien pensé. Je savais que tu finirais par monter à bord de mon train de la paranoïa.

— Je suis définitivement paranoïaque. En fait, je suis au bord d'une crise de panique totale. Si cette substance est bien de l'aconit, je ne pense pas qu'on puisse trouver plus d'excuses pour Lila. On doit admettre que c'est elle qui est derrière l'empoisonnement de Harry.

— Ne nous précipitons pas. D'abord, on lit et on fait quelques recherches en ligne.

— Je croyais que tu disais que ce n'était pas prudent de chercher en ligne ?

— Oh, zut, c'est vrai. Bon, lisons et ensuite décidons si on panique.

Daphne a mis les pizzas au four pendant que je consultais le livre. Nous avons passé près de deux heures à lire, essayant d'en apprendre davantage sur les onguents que les sorcières anciennes utilisaient pour diverses raisons. Malheureusement, nous n'avons rien trouvé de concluant. Impossible d'avoir une réponse définitive sans faire analyser la substance.

— On ne peut pas, a dit Daphne en secouant la tête. Si on apporte ça à un laboratoire, on s'incriminera nous-mêmes. Ils ne nous croiront pas si on leur dit qu'on l'a simplement trouvé.

J'ai gémi de frustration. — Pourquoi ne nous disent-elles pas simplement ? Si c'est un relaxant musculaire à l'ancienne, elles pourraient juste nous le dire.

— Mais si ce n'en est pas un, elles ne peuvent pas simplement nous annoncer que c'est un outil pour commettre un meurtre.

— Qu'est-ce qu'on va faire de ça maintenant qu'on l'a ? ai-je demandé en regardant le sac en papier contenant le pot.

— Je n'en veux pas ici ! s'est exclamée Daphne avec alarme.

— Je n'en veux pas non plus !

— On doit le cacher.

— Où ?

Nous sommes restées silencieuses en réfléchissant à nos options limitées. — On pourrait l'enterrer.

— Où ? a-t-elle répété sa question.

J'ai soupiré. — Je vais l'enterrer dans les parterres de fleurs de ma grand-mère. Rien ne peut tuer ces plantes avec sa magie qui opère. J'espère, ai-je marmonné.

— Bien. Fais-le ce soir, par contre, quand personne ne pourra te voir.

— Oh, ça n'aura pas l'air suspect du tout. Je jardine normalement en plein milieu de la nuit, ai-je dit sarcastiquement.

Daphne a gloussé. — Eh bien, tu pourrais dire que tu enterres ton poisson rouge.

— Je n'ai pas de poisson rouge.

Elle m'a fait un clin d'œil. — Plus maintenant, en effet.

— Tu me fais un peu peur parfois.

Elle a remué les sourcils. — Tu devrais avoir très peur.

— Je rentre. Je dois enterrer mon faux poisson rouge et ensuite me doucher pour enlever la crasse de la cuisine. Je te verrai demain, ai-je dit en attrapant le sac en papier et en me dirigeant vers la porte.

— Tu ne veux pas ta pizza ou ton vin ? a demandé Daphne en tenant la bouteille non ouverte.

— Non. Profite de la pizza, et je suis sûre qu'on aura besoin du vin une autre fois.

Après avoir enterré le pot derrière un mur de fleurs, je me suis glissée dans mon lit, espérant une bonne nuit de sommeil. Au lieu de cela, j'ai été hantée par des rêves de fleurs vénéneuses grimpant le long des murs de la maison. Personne ne pouvait entrer et je ne pouvais pas sortir sans être attaquée par les fleurs.

Quand il a finalement été l'heure de se lever et de partir au travail, j'étais en fait contente de sortir du lit et de me diriger vers la boulangerie. J'avais besoin d'être occupée pour me changer les idées après mes rêves. J'espérais qu'ils n'étaient pas une sorte de prémonition.

— Tu l'as fait ? a demandé Daphne en entrant dans la cuisine.

— Oui. Espérons que ça ne fasse pas quelque chose de fou comme tuer les fleurs ; ou pire, les transformer en lianes vénéneuses maléfiques qui grandissent et grandissent jusqu'à ce qu'elles m'emprisonnent dans ma propre maison et menacent de tuer quiconque s'approche.

— Pardon ? a-t-elle demandé, confuse.

— Rien. Je perds juste la tête petit à petit.

— D'accord, a-t-elle répondu en secouant lentement la tête avant de retourner à l'avant pour ouvrir la boulangerie.

Plus tard ce même matin, j'étais en train de garnir la vitrine quand Magnolia est entrée.

— Salut les filles, nous a-t-elle saluées, Daphne et moi.

— Bonjour, avons-nous répété à l'unisson.

Magnolia nous a regardées, la suspicion dans ses yeux. Nous étions trop gentilles. Je le savais, mais je surcompensais à cause de ma culpabilité. J'étais coupable de la soupçonner d'être une meurtrière. Ce n'était pas quelque chose que l'on pouvait facilement cacher. Du moins, ce n'était pas facile pour moi.

J'ai repris mes tâches de garnissage pendant que Daphne prenait un café et un muffin pour sa mère.

— Daphne, es-tu passée à la maison hier ? a demandé Magnolia.

— Non, maman. Pourquoi tu demandes ?

— Quand je suis rentrée, j'ai eu l'impression que quelqu'un était entré dans la maison. J'ai pensé que tu étais peut-être passée pendant que j'étais sortie. Elle parlait assez innocemment, mais j'avais le sentiment qu'elle insinuait quelque chose.

J'ai fait de mon mieux pour l'ignorer et prétendre que tout allait bien. Daphne semblait essayer de faire de même, mais échouait lamentablement.

— J'étais ici toute la journée, puis hier soir Violet est venue après le travail et nous avons mangé une pizza et regardé toute une saison de Friends sur Netflix, a-t-elle débité.

J'ai essayé de lui faire signe de se taire, mais ça ne marchait pas.

— Hmm. C'est bizarre. Je jurerais avoir senti la présence de quelqu'un. Peut-être que mes sens me jouent des tours, a-t-elle dit avec un sourire, prenant ses achats et se dirigeant vers la porte.

Une fois qu'elle fut partie, Daphne et moi nous sommes regardées. — Elle sait. Elle sait et c'était sa façon de me dire qu'elle sait. Elles savent probablement toutes, ai-je sifflé, essayant de calmer ma panique montante.

— Elles ne peuvent pas savoir, a dit Daphne, essayant de me rassurer.

J'ai penché la tête sur le côté et l'ai regardée fixement. — Si, elles peuvent. Tu le sais, aussi bien que moi. Elles savent que nous avons fouiné. Je me demande si Lila sait que j'ai pris le pot.

— J'espère que non.

Le téléphone de Daphne et le mien ont tous deux bipé. J'ai choisi d'ignorer le mien, mais Daphne a sorti le sien. J'ai regardé son visage devenir pâle. — Oh non.

— Quoi ? Qu'est-ce qu'il y a ?

Je me suis précipitée pour sortir mon téléphone de ma poche et lire le message moi-même. Mon cœur est tombé à mes pieds. — Oh non, ai-je répété la réponse de Daphne.

— On y va ? a-t-elle chuchoté.

— Je pense qu'on doit y aller.

— C'est mauvais, vraiment mauvais, a marmonné Daphne.

J'ai fixé le message de groupe. Il y avait une réunion d'urgence ce soir. Je savais par la façon dont c'était formulé que ce n'était pas optionnel. J'étais dans de sérieux ennuis. Je pouvais le sentir.

CHAPITRE TREIZE

J'étais un paquet de nerfs. Tout comme Daphne. Aucune de nous ne pouvait se concentrer pour le reste de la journée. J'ai raté trois fournées de cookies avant de finalement abandonner. Je ne voulais pas avoir peur de mes consœurs sorcières, mais c'était le cas. Je ressentais un pressentiment funeste que je n'arrivais pas à dissiper, malgré tous mes efforts.

Quand est venu le moment de fermer la boulangerie, je l'ai fait avec l'idée que ce pourrait être la dernière fois. Il y avait une chance que je ne sois plus à la boulangerie demain. Je n'avais aucune idée de ce que les sorcières faisaient pour punir d'autres sorcières. Mon imagination s'emballait et les suggestions incessantes de Daphne n'arrangeaient rien. Au final, c'était moi qui étais entrée par effraction dans les maisons. C'était moi qui avais espionné Lila et ma mère dans l'usine. J'étais prête à tomber sur l'épée pour sauver Daphne si la situation l'exigeait.

Le message indiquait qu'il ne fallait pas se garer à l'usine au cas où quelqu'un apercevrait nos voitures. Nous allions toutes y aller à pied. J'espérais que ce n'était pas un piège. Dans ma tête, j'avais tout imaginé. J'allais me faire agresser et tuer lors d'une promenade nocturne. Mes secrets mourraient avec moi et le coven serait en sécurité.

Je délirais. Du moins, je l'espérais. Je me disais que je préférais mourir comme ça. Je ne voulais pas subir ce qu'Harry avait enduré. J'avais lu les symptômes et ils ne semblaient pas plaisants du tout.

— Tu es prête ? demanda Daphne en garant sa voiture près de la même cabane où j'avais caché ma voiture quelques nuits auparavant.

—Je le suis. Allons-y. Si ça tourne mal, s'il te plaît, dis à Gabriel...

— Arrête ! Ne parle pas comme ça. Elles ne vont pas nous tuer, siffla-t-elle.

— Elles ne vont pas te tuer, toi. Peut-être qu'elles vont juste effacer ma mémoire et m'envoyer faire mes valises. Je pourrais m'en accommoder, réfléchis-je à voix haute.

Elle ne répondit pas. Nous avons marché silencieusement sur le chemin de gravier, suivant le faisceau de notre lampe torche. Nous sommes entrées et nous sommes dirigées vers le sous-sol. Je ne pouvais m'empêcher de sentir que je marchais dans un nid de vipères.

— Nous sommes là, annonça Daphne.

Les autres femmes étaient déjà présentes. Pas de surprise. J'imaginais qu'elles complotaient.

— Asseyez-vous, dit ma mère, se levant de sa chaise.

Ensemble, Daphne et moi nous sommes avancées pour nous asseoir sur le seul canapé vide de la pièce. J'ai pris une profonde inspiration et me suis préparée à ce qui serait, je le présumais, un interrogatoire intense suivi d'une punition horrible.

J'ai regardé Lila. Elle était assise dans un fauteuil à oreilles, se tordant nerveusement les mains. Sa coiffure habituellement parfaite était un peu en désordre. Sa nervosité ne faisait rien pour calmer mes propres angoisses.

— Quelqu'un s'est introduit dans chacune de nos maisons l'autre jour, commença ma mère. Nous soupçonnons que cela pourrait être George ou l'un de ses associés.

Daphne et moi avons échangé un regard. — Oh, dis-je, la voix légèrement étranglée.

— Oui ! s'écria Lila. Ils ont volé quelque chose chez moi !

— Qu'ont-ils volé ? demandai-je, feignant l'ignorance.

Lila regarda autour de la pièce. — Un bocal.

— Un bocal ? insistai-je.

— Oui, un bocal. C'était mon bocal. Ils n'avaient aucune raison de fouiller dans ma cave.

— Le bocal était dans ta cave ? Comment sais-tu qu'ils n'ont pris qu'un seul bocal ? demandai-je, espérant l'amener à avouer ce qu'il contenait réellement.

— Violet, je ne suis pas si vieille et sénile. Je sais quand quelque chose a disparu, répliqua-t-elle.

J'ai acquiescé, laissant tomber pour le moment.

— Qu'est-ce qu'il y a de si important dans un bocal ? demanda Daphne.

Magnolia s'éclaircit la gorge. — Ce n'est pas seulement le contenu du bocal. C'est le fait que quelqu'un soit entré par effraction et l'ait pris. Personne ne ferait ça sans soupçonner que le bocal était important.

— Vous pensez que quelqu'un pensait que le bocal avait de la valeur ? encourageai-je.

Personne ne dit un mot. La tension était palpable dans la pièce. Je ne craignais plus qu'elles me soupçonnent du crime. Cependant, j'étais plus inquiète que jamais qu'elles soient coupables du véritable crime.

— Bien sûr qu'il avait de la valeur. C'était le mien, dit Lila.

Coral se leva et commença à faire les cent pas dans le petit espace. — Tu as mentionné l'empoisonnement à l'aconit auparavant, Violet. Pourquoi ?

— Je vous l'ai dit. Le rapport du médecin légiste a révélé que c'était une toxicité à l'aconit qui a causé la mort d'Harry.

Elle hocha la tête. — Tu as posé des questions sur l'utilisation de l'aconit en sorcellerie cependant. Pourquoi ?

Je n'aimais pas être interrogée. Je voulais les interroger. Mon soulagement précédent avait été de courte durée et j'avais le sentiment qu'on m'avait manipulée. Elles savaient que c'était moi et espéraient me prendre en flagrant délit de mensonge.

— Nous l'avons fait, intervint Daphne.

— Il y a beaucoup de tension entre nous, dis-je, fatiguée des jeux. Vous cachez quelque chose, et je veux savoir ce que c'est.

— Violet, dit ma mère, d'un ton bas.

— Vous vous faufilez toutes dans l'usine, vous esquivez les questions directes et puis nous vous avons vues poster des colis très suspects. Que cela vous plaise ou non, Daphne et moi avons le droit de savoir si cela implique ce coven. Vous nous avez fait entrer et fait partie du coven, ce qui signifie que nous sommes tout aussi responsables de tout ce dont le coven pourrait être blâmé, dis-je, ne prenant pas la peine de cacher ma frustration.

— Tu rôdais autour de l'usine ? demanda Coral.

— Oui ! Lila est toujours ici, elle me l'a dit elle-même !

— Tout le monde se calme, dit Magnolia, essayant d'apaiser les tensions qui montaient.

— Maman, peux-tu nous dire ce que vous nous cachez ? demanda Daphne.

— Je ne pense pas que nous cachions quoi que ce soit qui vous concerne.

Je me suis levée, incapable de rester assise une seconde de plus. J'ai contourné le canapé, me dirigeant vers le petit garde-manger.

— Qu'est-ce que c'est ? ai-je demandé en ouvrant brusquement la porte. Que sont tous ces bocaux ? Est-ce du poison ?

J'entendais les hoquets de surprise derrière moi. Je venais probablement de me trahir, mais je m'en fichais désormais.

— Violet, commença ma mère. Comment savais-tu que ces bocaux étaient là ?

— J'ai fouiné. Vous n'êtes pas les seules à pouvoir entrer ici quand bon vous semble. Au cas où vous l'auriez oublié, c'est moi qui possède cette vieille usine. Je suis venue ici et j'ai commencé à regarder autour. C'est évident que vous cachez quelque chose. J'ai trouvé ces bocaux, et bizarrement, il en manque certains. Tu ne saurais rien à ce sujet, n'est-ce pas, Lila ? Maman ? ai-je demandé, les transperçant du regard.

La pièce était totalement silencieuse, et je pouvais entendre mon propre cœur battre dans ma poitrine.

— Je pense qu'on s'écarte du sujet, dit Coral en s'éclaircissant la gorge. Ça ne servira à rien de lancer des accusations à tort et à travers.

— Je ne pense pas qu'elles soient si infondées, ai-je répondu, paraissant bien plus calme que je ne l'étais. Je veux savoir s'il y a une chance que Harry ait été empoisonné après être entré en contact avec quelque chose entreposé ici.

— Nous ne pourrions pas répondre à cela. Je ne crois pas que l'une d'entre nous était présente quand il est mort, répondit Magnolia.

J'ai levé les yeux au ciel. — Vous ne pouvez jouer la carte de l'ignorance que pendant un certain temps. Si Harold commence à poser ces questions, vous feriez mieux d'avoir une meilleure histoire que celle-là. Qu'y a-t-il dans ces bocaux ?

— Nous ne le savons pas avec certitude, Violet, dit ma mère. Ces potions existent depuis plusieurs générations.

— Allons donc, ai-je ricané. Tu crois vraiment que je vais croire que vous n'avez aucune idée de ce qu'il y a dans ces bocaux ? Vous n'êtes pas le moins du monde curieuses ou inquiètes ? Et si vous preniez le mauvais bocal et finissiez par tuer quelqu'un ?

— Nous n'utilisons pas ces bocaux, fit remarquer Lila. Mais ça ne veut pas dire qu'il faut tout jeter. Votre génération n'a aucun respect pour les anciennes traditions.

Daphne éclata de rire. — Nous respectons tout ce qui est ancien, sauf les vieux tueurs. J'ai le sentiment que la loi pensera la même chose. Simplement dire que vous ne savez pas ce qu'il y a dans les bocaux ne tiendra pas longtemps.

— Eh bien, je suppose que c'est une bonne chose que personne ne puisse descendre ici, dit Coral.

— Pour l'instant, ai-je marmonné.

— Pour toujours, corrigea Coral.

— Eh bien, je ne comprends tout simplement pas pourquoi Lila s'inquiète tant d'un bocal manquant. La seule raison pour laquelle elle s'inquiéterait serait si elle avait quelque chose à cacher. Tout comme elle s'inquiète que les enquêteurs paranormaux rôdent autour de l'usine, ai-je dit en la regardant directement. Te soucies-tu que quelqu'un puisse être blessé si ce bocal tombe entre de mauvaises mains, Lila ? ai-je demandé.

— Ça suffit, Violet, dit ma mère fermement.

Ce sentiment de malheur que j'avais ressenti plus tôt me submergea. Je pouvais être en train de m'attirer de gros ennuis. Il était évident qu'aucune des sorcières n'allait avouer.

— Eh bien, je ne vois pas l'intérêt de rester ici une minute de plus. J'en ai fini, ai-je dit en claquant la porte du placard.

— Violet, attends, dit Magnolia. Nous devons parler de ce que nous dirons si Harold commence à poser des questions sur l'usine.

— Tu veux dire s'il me demande si j'ai une bouteille de poison cachée dans l'usine ? ai-je demandé.

— Je doute que ce soit comme ça qu'il le demandera, mais en gros, oui, a-t-elle répondu calmement.

— Je n'ai rien à lui dire, ni à aucune d'entre vous. Je ne cautionne pas le meurtre, point final. En fait, je ne veux rien avoir à faire avec des meurtrières, et je n'ai pas l'intention d'être coupable par association.

Je me suis dirigée vers les escaliers, tout à fait prête à faire ma sortie dramatique, quand je me suis souvenue que Daphne m'avait amenée. Je me suis retournée pour la regarder, toujours assise sur le canapé. Elle avait l'air d'une biche prise dans les phares d'une voiture. J'ai haussé un sourcil, lui demandant silencieusement si elle venait ou non.

Elle a regardé sa mère. — Maman, je suis désolée, mais je suis d'accord avec Violet sur ce point. Quelque chose se passe ici et si vous n'êtes pas prêtes à nous le dire, nous ne pouvons pas nous mettre en danger.

Magnolia a hoché la tête. — Je comprends. Essayez de comprendre que nous préférerions ne pas vous mettre dans une position qui pourrait vous nuire de quelque façon que ce soit. Nous essayons de vous protéger.

J'aurais aimé pouvoir croire ses paroles. Je le voulais, et cela aurait expliqué beaucoup de choses. Cependant, nous étions déjà impliquées. Et, contrairement à elles, nous étions aveugles et ne verrions pas venir la menace.

Daphne et moi sommes sorties de l'usine. J'ai pris une profonde respiration de l'air frais de la nuit, le laissant remplir mes poumons et éclaircir mes idées.

— Wow, murmura Daphne.

— C'est un mot.

— Nous sommes toujours vivantes, c'est déjà ça.

J'ai commencé à glousser. — C'est vrai. Je suppose que nous n'avons pas à nous demander ce qu'il y a dans ce bocal. Je pense que leur réaction au bocal manquant est assez révélatrice.

— Peut-être que nous pourrions prendre tous les bocaux et les enterrer. Ensuite, si Harold réussit d'une manière ou d'une autre à trouver la pièce secrète, il n'y aura aucune preuve qui nous pointe du doigt, suggéra Daphne.

J'avais le sentiment qu'elle plaisantait, mais en fait, ce n'était pas un mauvais plan. Je ne savais pas combien de bocaux il y avait, mais nous pourrions les enterrer chez moi ou même à l'extérieur de l'usine. Je serais heureuse de le faire si cela aidait à blanchir nos noms et à garantir que personne d'autre ne souffrirait d'un empoisonnement accidentel.

Daphne me déposa chez moi. En montant les marches de l'entrée, j'ai regardé le parterre de fleurs où j'avais enterré le bocal. Les images de mon rêve ont traversé mon esprit. Je ne m'y connaissais pas vraiment en sorcellerie, mais j'espérais vraiment que l'aconit dans le bocal ne s'infiltre pas dans le sol pour rendre les fleurs toxiques. Peut-être que mon rêve était un avertissement.

J'ai chassé ces pensées et je suis entrée pour une autre nuit de sommeil agité.

CHAPITRE QUATORZE

Je savais que ça arriverait : impossible de dormir. Je ne pouvais même pas fermer les yeux. J'étais surexcitée. Mon cerveau était comme un hamster dans sa roue, tournant sans cesse. Je ne pouvais pas simplement oublier ce qui avait été dit ce soir. Daphne avait eu une bonne idée, même si c'était en partie pour plaisanter.

Je me suis redressée dans mon lit et j'ai allumé ma lampe de chevet. Il était près de minuit. J'étais certaine que tout le monde aurait quitté l'usine maintenant. Mon choix fait, j'ai rapidement enfilé la même tenue que celle que j'avais portée pour mes activités d'espionnage précédentes. Je me suis demandé où garer ma voiture. La cabane était vraiment ma seule option, à moins que je ne veuille me garer sur le bas-côté. Ce serait trop évident.

J'ai fait un passage en voiture, cherchant à repérer d'éventuels véhicules. Je savais qu'ils s'étaient tous garés à différents endroits pour éviter d'attirer l'attention. Je n'ai vu aucune voiture et j'ai supposé qu'ils devaient être partis maintenant. Faisant demi-tour, je me suis garée près de la cabane. J'ai attrapé les sacs réutilisables que j'avais apportés pour transporter les bocaux. Je pourrais les jeter ou les enterrer avec les bocaux. Je ne les réutiliserais jamais.

Je me suis faufilée au sous-sol et j'ai déposé les sacs réutilisables, les cachant sous un canapé, au cas où, par un coup du sort, une autre sorcière se pointerait. Je voulais vérifier quelque chose avant de commencer à débarrasser les bocaux. Je savais que je ne dormirais pas, donc ce n'était pas grave de prendre du temps supplémentaire pour explorer minutieusement l'espace principal du sous-sol.

Je voulais voir s'il y avait plus de bocaux dans ces cartons. Ça aurait du sens si Harry était tombé sur le poison dans la zone du sous-sol. Il n'y avait aucun moyen qu'ils aient pu trouver notre pièce secrète. S'ils l'avaient découverte, tout le monde en ville serait déjà au courant. J'y avais réfléchi et j'avais décidé que je dirais que c'était une salle de repos pour les cadres de l'ancienne société, si on me posait la question.

Le sous-sol était vraiment sinistre. J'ai enfilé les gants en caoutchouc que j'avais apportés et j'ai commencé à ouvrir des cartons, cherchant ces fameux bocaux. Je me suis figée quand j'ai entendu quelque chose bouger. Encore ! Ma bouche s'est asséchée et la peur a serré ma poitrine.

Réussissant à prendre quelques respirations profondes, je me suis dirigée vers le bas des escaliers, éteignant ma lampe torche. J'avais laissé la porte du sous-sol ouverte et j'espérais qu'ils ne la fermeraient pas. Je n'étais pas sûre si elle se verrouillait automatiquement. L'idée d'être piégée dans le sous-sol était absolument terrifiante.

J'ai retenu mon souffle. Des voix se rapprochaient de la porte. Je me suis cachée sous l'escalier et j'ai écouté attentivement, essayant d'entendre ce qui se disait.

— Personne ne va voir les lumières, allume-les simplement. Je ne veux pas risquer de me cogner encore dans une de ces stupides machines. J'ai toujours un bleu de la dernière fois.

La voix était familière. J'ai rapidement passé en revue mon catalogue mental et je l'ai identifiée. C'était George, et il n'était pas seul.

— J'ai les caméras, a dit une autre voix masculine, se rapprochant de la porte.

— Bien. On va les installer à chaque coin. Les fantômes ont tendance à flotter. Il faut viser vers le haut et non vers le sol, a expliqué George.

J'ai levé les yeux au ciel dans l'obscurité.

— Ça va être notre chance, a dit une autre voix masculine beaucoup plus jeune.

Ça devait être Dale Junior, ai-je supposé.

— Ton père serait vraiment fier de toi, mon garçon, a commenté George.

— Merci. Je veux demander à ce fantôme pourquoi il a tué Harry, a répondu le jeune Dale. Je pensais que les fantômes n'étaient pas dangereux ?

— Il y a des esprits malveillants qui sont maléfiques et doivent être exorcisés. Harry a peut-être mis l'entité en colère. La seule façon de le savoir est de pouvoir l'invoquer, a expliqué l'autre homme, qui devait être Stan.

J'ai réprimé mon rire. Ils croyaient vraiment à ce qu'ils disaient, et je ne pouvais pas leur en vouloir. Ma mère disait qu'elle parlait aux esprits. Mon côté plus pragmatique avait encore du mal à accepter les différentes facettes d'un monde surnaturel qui existait en parallèle avec le monde ordinaire.

— Peut-être que ce n'était pas la faute du fantôme. Harry aurait pu mourir de peur. Il a dit qu'il avait de l'expérience avec le paranormal, mais je n'ai jamais vérifié ses antécédents, a dit George.

— Est-ce qu'on va essayer d'invoquer les entités ce soir ? a demandé Dale, plein d'espoir.

— Autant le faire, a commenté Stan. Je vais retourner chercher le reste de l'équipement. Je l'ai laissé caché dans le sous-sol.

— Je vais le chercher, a dit George.

J'ai paniqué, cherchant un endroit où me cacher. Je n'avais aucune idée où l'équipement avait été caché et ne savais donc pas où il allait chercher. J'ai pris un risque énorme et j'ai avancé à tâtons le long des étagères jusqu'au coin le plus éloigné que je pouvais trouver. Je me suis accroupie derrière ce que j'espérais être une étagère pleine de cartons. Je n'avais jamais été dans une obscurité aussi totale de ma vie. Si je me laissais trop réfléchir à cette situation, je finirais par avoir une crise de panique. J'ai fermé les yeux et pris de lentes respirations, me rappelant que j'avais une lampe torche et que je pourrais l'allumer dès que George serait parti. Je pouvais tenir le coup. Il ne resterait pas longtemps dans le sous-sol. Juste quelques minutes.

Tu peux le faire, Violet. Détends-toi.

J'ai entendu des pas et le bruit de cartons qu'on ouvrait. Je devais attendre qu'il parte pour voir ce qu'il examinait. J'ai entendu ses pas aller dans la direction opposée puis monter les escaliers métalliques.

J'ai poussé un soupir de soulagement jusqu'à ce que je réalise qu'il aurait pu fermer la porte. J'ai allumé ma lampe torche, utilisant ma main pour masquer la lumière, et je me suis dirigée vers la porte. J'entendais des voix et j'ai failli m'effondrer de soulagement quand j'ai réalisé que la porte était ouverte.

— Installe cette caméra. Je ne veux pas invoquer les esprits à moins qu'on n'enregistre. C'est trop beau pour laisser passer ça, a ordonné George.

— Et si on se retrouve avec plein d'esprits ? Est-ce qu'ils vont nous tuer pour intrusion ? demanda Dale.

Une fois de plus, je réprimai mon envie d'éclater de rire.

— Nous sommes préparés. Nous avons des sifflets à chien qui feront fuir les esprits, répondit Stan.

Je me frappai le front d'une main. Ces hommes avaient lu trop de livres ou regardé trop de films de science-fiction stupides.

— On est prêts ? demanda George. Tu as installé la dernière caméra ?

— C'est prêt.

— Des cartes mémoire pour l'enregistrement dans chacune cette fois ? grommela-t-il. Je ne veux pas refaire la même erreur.

— J'ai vérifié deux fois avant de les installer, dit Stan.

J'attendais, curieuse de voir comment ils comptaient appeler les esprits. J'aurais simplement aimé voir ce qu'ils faisaient. Ça aurait été un vrai spectacle.

J'entendais des bruits de pas. — Je vais allumer les bougies, la voix de Dale flottait dans les escaliers.

— Éteins les lumières, ordonna George.

Le sous-sol plongea à nouveau dans l'obscurité avec seulement une faible lueur jaune qui passait par la porte ouverte.

— Combien de bougies avez-vous allumées ? marmonnai-je pour moi-même. J'espérais qu'ils ne déclencheraient pas d'incendie. Je n'appréciais pas qu'ils jouent avec le feu dans l'usine.

Bien sûr, si l'usine brûlait, cela résoudrait plusieurs de mes problèmes, songeai-je.

— Où est la boule de cristal ? demanda Stan.

— Ici, dit Dale.

Dans mon esprit, j'imaginais les hommes assis en cercle entourés de bougies, leur boule de cristal au centre. Je savais exactement ce qu'ils faisaient. C'était quelque chose que j'avais lu. Certaines sorcières utilisaient une boule de cristal pour scruter d'autres sorcières, une pratique ancienne. Parfois c'était une boule de cristal et d'autres fois un simple cristal. Tout dépendait de la sorcière, du coven et de ce qu'ils considéraient comme le plus magique.

J'étais sceptique à propos de tout ça. Ça ne m'empêchait pas de grimper les escaliers, une marche à la fois, m'arrêtant chaque fois pour m'assurer qu'ils ne m'entendaient pas. Je pouvais les entendre psalmodier. Les mots n'avaient aucun sens pour moi. Je supposais qu'ils venaient d'un ancien manuel de rituels. Je ne connaissais pas le latin, mais je penchais vers l'idée que c'était la langue que George essayait de parler.

Je ne parlais peut-être pas cette langue, mais même moi, je pouvais dire qu'il massacrait complètement le dialecte.

Il semblait qu'ils allaient poursuivre pendant un moment. Je m'installai sur les marches, restant baissée et hors de vue tandis que j'observais et écoutais leur tentative d'invoquer les morts.

— Ça ne fonctionne pas, gémit Dale Jr.

— Ce n'est pas instantané, répliqua Stan. Il faut de la patience.

Personnellement, je m'ennuyais à mourir et espérais qu'ils abandonneraient bientôt. Je devais encore récupérer les bocaux et rentrer chez moi pour les enterrer avant le lever du soleil. Au rythme où allait leur invocation, je pourrais rester ici un bon moment.

— Je pense qu'on devrait arrêter pour l'instant. Peut-être que les esprits sont timides, proposa Stan.

Ma main couvrit ma bouche, étouffant un fou rire.

— Très bien. La prochaine fois, vous les gars, soyez prêts à rester toute la nuit. Ton père était prêt à y consacrer le temps nécessaire, déclara George. Il n'abandonnait pas tant qu'il n'obtenait pas ce qu'il voulait.

— Peut-être qu'on devrait s'installer à un endroit différent ? suggéra Stan. On pourrait essayer une planche de Ouija.

— Non ! C'est pour les amateurs, dit George. On réessaie. On continue d'essayer jusqu'à ce qu'on obtienne nos fantômes.

J'avais envie de dire à George qu'il allait devoir essayer ailleurs. J'allais définitivement verrouiller l'usine. Je n'aimais pas l'idée que ces types en fassent une habitude, surtout avec le nombre de bougies qu'ils brûlaient.

— Rangez tout, et je ne veux rien laisser ici. Ce flic rôdait dans le coin l'autre jour. Je l'ai vu entrer ici avec cette femme de la boulangerie, expliqua George.

Ma bouche s'ouvrit sous le choc. Je savais que quelqu'un nous observait. C'était légèrement flippant. Demain matin, j'appellerais Gabriel en premier et le supplierais de poser ces planches sur les fenêtres.

Il fallut encore trente minutes aux hommes pour emballer leurs affaires et quitter l'usine. Au moment où ils partirent, ma jambe gauche s'était endormie à cause de la position inconfortable dans laquelle j'avais été forcée de rester assise pendant qu'ils suppliaient presque leurs fantômes de se montrer.

J'attendis bien quinze minutes avant de me lever et de m'étirer, secouant ma jambe pour faire circuler mon sang à nouveau. Une fois que je sentis que mes jambes pouvaient me porter, je traversai le sol de l'usine. Je m'arrêtai pour examiner la cire de bougie sur le sol en ciment. Je me demandais si j'avais négligé ce petit indice par le passé.

Descendant les escaliers vers la pièce secrète, j'allumai la lumière en avançant. Je pris une des bouteilles d'eau que nous gardions dans le petit mini-réfrigérateur et me laissai tomber sur le canapé pour me détendre quelques minutes. Je regardai autour de la pièce, observant l'ameublement et me demandant si ma grand-mère s'était assise sur ce même canapé. Je me demandais si c'était son fantôme que George essayait d'invoquer. Ce serait drôle. Si Mamie apparaissait, j'avais le sentiment qu'elle réprimanderait sévèrement les enquêteurs pour l'avoir dérangée et pour être dans son usine.

Je souris rien qu'en y pensant, espérant que tout serait capturé par la caméra.

CHAPITRE QUINZE

Mon répit sur le canapé fut de courte durée. Le bruit léger de pas et de voix me parvenait d'en haut. J'ai eu moins de deux secondes pour courir vers l'interrupteur et éteindre la lumière avant que la porte en haut de l'escalier ne s'ouvre.

— La lumière était allumée ? demanda la voix de ma mère qui descendait l'escalier.

— Je ne crois pas, répondit Lila.

Oh mon Dieu, c'est ma mère et sa complice.

J'ai attrapé ma bouteille d'eau et couru me cacher derrière le fauteuil, priant pour qu'elles ne me repèrent pas. Ce n'était pas exactement la meilleure cachette, mais si elles ne cherchaient pas trop, je m'en sortirais. Du moins, je l'espérais.

Je n'arrivais pas à croire à ma malchance. L'usine était carrément fréquentée en plein milieu de la nuit. Et moi qui pensais que les serrures empêcheraient les gens d'entrer. J'aurais aussi bien pu laisser la porte grande ouverte avec une invitation.

— Ces filles étaient vraiment d'humeur ce soir, commenta Lila.

— Oui, c'est vrai. Je pense qu'on va devoir leur dire quelque chose. Violet n'est pas du genre à prendre quoi que ce soit pour argent comptant. Je blâme ma mère pour ce trait de caractère malheureux, dit ma mère avec un petit rire.

Lila n'avait pas l'air amusée. — Un de ces jours, ça va lui attirer des ennuis. Tu ne peux pas la dompter ?

Je me mordis la lèvre. J'avais tellement envie de lui dire exactement ce que je pensais de ça. Lila allait devoir faire beaucoup plus d'efforts si elle pensait pouvoir me faire reculer.

— Je n'ai aucunement l'intention de la dompter. C'est sa force de caractère dont nous avons besoin, Lila. Quand nous ne serons plus là, ce sera Violet et Daphne qui dirigeront le coven.

— Il n'y aura plus de coven à ce rythme. Je pense qu'on devrait envisager de s'étendre. On ne peut pas compter uniquement sur ces deux-là pour perpétuer nos traditions et nos rituels.

— Allons, je pense que c'est un peu extrême. Elles débutent. Nous n'aurions pas dû leur cacher aussi longtemps. Je pensais que c'était pour le mieux, mais j'en suis venue à penser que c'était une erreur de ne pas leur avoir dit plus tôt.

— Ta mère pensait que c'était pour le mieux. Je suis désolée pour ça, car c'était en grande partie à cause de moi et de nos bêtises, dit Lila, avec une note nostalgique dans la voix.

— Bon, ça ne sert à rien de s'inquiéter maintenant. Nous devons nous occuper du problème le plus urgent, puis nous nous occuperons des filles, dit ma mère.

J'entendis un placard s'ouvrir. Elles retiraient d'autres bocaux ! J'étais arrivée trop tard.

— Tu as pris le reste ? demanda Lila.

— Je pense que oui. C'est probablement préférable de tout vider. On pourra toujours en faire de nouveaux, répondit ma mère.

— Quel dommage, gloussa Lila. Toute cette histoire. Je me souviens d'avoir préparé ceux-ci avec ma mère.

Elles se turent pendant que j'écoutais d'autres bruits de déplacement. Je commençais à m'impatienter. Je ne m'attendais pas à passer autant de temps dans l'usine, et encore moins à me cacher de non pas un, mais deux groupes de visiteurs nocturnes.

Après ce qui devait être une heure de plus, ma mère et Lila finirent par ranger leurs affaires et quitter la pièce. J'attendis, m'assurant qu'elles étaient bien parties avant de sortir de ma cachette. Avec un soupir, je m'effondrai dans un fauteuil, me disant que cette fois, il ne pouvait plus y avoir personne pour me surprendre.

Je sortis mon téléphone de ma poche. Il était presque trois heures du matin, et je n'arrivais pas à croire que je n'avais absolument rien accompli. Je n'allais pas dormir et je n'avais rien à montrer pour ça. J'hésitai un instant avant d'appeler Daphne.

— Allô, marmonna-t-elle.

— Daphne, c'est moi, Violet, lâchai-je.

— Violet ? Qu'est-ce qui ne va pas ? Quelle heure est-il ?

— Il est trois heures du matin, dis-je avec un soupir. Désolée de te réveiller.

— Pourquoi tu m'appelles au milieu de la nuit ? Qu'est-ce qui s'est passé ?

— Rien ne s'est passé, exactement.

— Violet, sérieusement, si tu m'appelles à cette heure, tu as intérêt à avoir une bonne raison.

— J'en ai une. Je crois, murmurai-je, me sentant soudain un peu stupide d'avoir appelé. Ce n'était rien qui ne pouvait attendre.

Je l'entendis bâiller. — Bon, je suis réveillée maintenant. Dis-moi ce qui s'est passé, parce que je sais que quelque chose t'a fait te lever.

— En fait, je ne me suis jamais couchée, commençai-je. J'ai décidé de revenir chercher tous les bocaux pour les enterrer.

Elle se mit à rire, puis s'arrêta brusquement. — Attends, tu es sérieuse ?

— Oui, mais je n'ai pas récupéré les bocaux. Je n'ai pas pu parce que je me suis retrouvée coincée à me cacher dans le sous-sol quand George et ses acolytes sont entrés.

Daphne laissa échapper un hoquet de surprise. — Cette nuit ?

— Oui, cette nuit. Il y a quelques heures.

— Pourquoi étaient-ils dans l'usine ?

Je ne pus m'empêcher de rire en lui racontant leur chasse aux fantômes. Quand j'eus terminé, elle riait avec moi.

— Violet ?

— Oui ?

— Les caméras. Si et quand ils reviendront vérifier leurs caméras, ils vont te voir dans l'usine.

— Oh merde, dis-je, réalisant qu'elle avait raison. Super. Ce n'est pas juste moi qu'ils vont trouver sur les caméras.

— Qui d'autre ? Ta Grand-mère Broussard ? taquina-t-elle.

— Non, ma mère et Lila. Elles viennent de partir.

Elle gémit. — Encore ?

—Ouais. Ils étaient là pour prendre le reste des bocaux. Je n'ai pas vérifié s'ils les ont tous pris, mais j'ai l'impression que c'est le cas.

Elle resta silencieuse pendant quelques instants. —Ils sont partis et tu es dans la pièce ?

—Oui. Je venais juste de descendre après m'être cachée dans le sous-sol pendant quelques heures. Je me suis assise et la minute d'après, ils sont apparus.

—Tu devrais probablement sortir de là, soupira-t-elle.

—Je vais le faire. J'attendais un peu pour être sûre qu'ils soient partis. Je n'arrive pas à croire à quel point il est facile pour les gens d'entrer ici ! m'exclamai-je.

—On va s'en occuper. Pour l'instant, sors de là. Je te dirais bien d'aller dormir un peu, mais je crois que c'est trop tard. Rentre chez toi, prends une douche et je te retrouve à la boulangerie dans une heure environ, dit-elle avec un soupir.

Après avoir raccroché, j'ai suivi les conseils de Daphne, rentrant chez moi pour prendre une douche bien chaude. Maintenant que l'adrénaline était retombée, j'étais épuisée jusqu'à la moelle. Malgré ma fatigue, je devais aller travailler.

Je n'avais aucune idée de ce qu'il fallait faire. Quand je suis entrée dans la boulangerie en titubant, Daphne m'attendait. Elle me tendit une tasse de café et m'ordonna de m'asseoir.

—Qu'est-ce que tu veux faire ? demanda-t-elle.

Avec un haussement d'épaules, je répondis : —Je n'en ai pas la moindre idée.

Je lui ai expliqué ce que Lila avait dit à notre sujet, ce qui l'a agacée. Tout comme moi. Je comprenais qu'elles avaient attendu pour nous parler de notre héritage et tout ça, mais s'énerver contre nous parce qu'on s'inquiétait des risques n'était pas juste.

—Parle à Gabriel. Prends ta journée demain et fais en sorte que l'usine soit verrouillée hermétiquement. J'irai là-bas après le travail ce soir et je prendrai les cartes mémoire des caméras. On ne peut pas laisser ces types découvrir que tu étais dans le sous-sol, ou que Lila et Virginia étaient là. Si ces caméras sont bien placées et qu'ils vous voient disparaître dans un mur, nous aurons de sérieux problèmes, dit-elle.

—Oh merci. Je savais que je pouvais compter sur toi pour m'aider à trouver quoi faire. Tout ça tourne au désastre. J'ai l'impression qu'on est dans un train lancé à toute vitesse vers la fin des rails.

—Sur une note positive, je vais pouvoir voir leur rituel d'invocation de fantômes, dit-elle, les yeux pétillants.

—Oh mon Dieu ! Tu devras me montrer ces enregistrements. J'ai seulement pu entendre, pas regarder.

Elle sourit puis reprit son sérieux. —Tu devrais peut-être essayer de parler à ta mère, en tête-à-tête. Dis-lui que tu envisages de quitter Lemon Bliss. Peut-être que ça lui fera suffisamment peur pour qu'elle dise enfin la vérité.

—Comment as-tu su que je pensais retourner à Granger ?

Elle sourit. —Je te connais, et honnêtement, j'ai aussi réfléchi à l'idée de déménager. Même si j'adore cet endroit et la boulangerie, je suis fatiguée d'avoir toujours l'impression que je vais être traînée en prison ou devant un peloton d'exécution.

Je comprenais exactement ce qu'elle voulait dire. Le stress ne valait pas la peine de vivre ici. —Ne fais rien pour l'instant. Je vais parler à ma mère et avec un peu de chance, elle écoutera la raison. Je pense aussi parler à Gabriel de l'installation d'un système de sécurité à l'usine. Ce serait au moins un petit peu dissuasif. J'envisage également sérieusement de fermer la pièce secrète.

Daphne éclata de rire. —Tu sais qu'ils peuvent déverrouiller n'importe quelle serrure d'un geste de la main.

—Ils doivent respecter la propriété. S'ils veulent continuer à se réunir là-bas, ça doit se passer différemment. On ne fait que s'attirer des ennuis avec tous ces manèges.

—Je suis d'accord.

—Bon, je ferais mieux d'aller en cuisine. J'ai l'impression que je vais m'effondrer avant midi. J'ai décidé que j'étais trop vieille pour passer des nuits blanches. Je pris une gorgée lente de mon café.

Daphne gloussa. —Moi aussi. Je suis bien trop vieille pour répondre aux appels nocturnes de mon amie en difficulté. Je pensais que cette époque était révolue.

J'ai ri. —Selon ma mère et Lila, on est destinées à faire des bêtises jusqu'à quatre-vingt-dix ans. En supposant qu'on vive aussi longtemps, ou qu'on ne finisse pas en prison pour un crime qu'on n'a pas commis.

—Tu crois qu'il y a des muffins en prison ? Je ne sais vraiment pas si je pourrais purger une peine à perpétuité sans muffins.

J'ai secoué la tête. —Je doute qu'ils se soucient que tu sois satisfaite de tes repas.

—D'accord, plus de discussions sur la prison ou la mort. Nous devons garder une attitude positive. Tout ira bien. Nous irons bien. Nos camarades sorcières s'occuperont de leurs poisons, et nous n'aurons plus jamais à nous inquiéter qu'une autre personne soit empoisonnée ou tuée dans l'usine, dit-elle avec autorité.

—Vraiment ? J'ai haussé un sourcil, me demandant si elle n'avait pas bu autre chose que du café dans cette tasse.

—Si tu le projettes dans l'univers, ça a plus de chances de se produire que si tu le gardes tout embouteillé à l'intérieur, affirma-t-elle.

—Tu as besoin de plus de sommeil, répliquai-je en levant les yeux au ciel.

—Tu me remercieras quand tout se terminera pour le mieux. Tu verras, fit-elle avec un clin d'œil, avant de tournoyer pour aller préparer tout ce qu'il fallait devant.

J'aurais aimé pouvoir adhérer à sa philosophie, mais mon côté pratique me disait qu'elle rêvait. Les rêves et la réalité se mélangent rarement. J'espérerais le meilleur tout en me préparant au pire, tout en faisant tout mon possible pour éviter d'autres incidents. C'était tout ce que je pouvais faire.

CHAPITRE SEIZE

Tournant le robinet, je commençai la tâche fastidieuse d'arroser les fleurs autour de ma propriété. Ma grand-mère avait été passionnée par ses fleurs et apparemment sa magie perdurait car elles étaient presque constamment en floraison. Je supposais qu'il devait y avoir cinquante plantes ou plus. En plus de la palette de couleurs, les fleurs parfumaient l'air devant la maison. À l'arrière, le verger de citronniers était en pleine floraison.

Étonnamment, j'aimais arroser les fleurs. Je pouvais rester là et laisser mon esprit vagabonder tout en me perdant dans l'arôme enivrant des diverses floraisons. Pendant que j'arrosais, je pensais à ma grand-mère faisant la même chose et je me rappelais combien elle aimait ses fleurs.

J'étais perdue dans mes pensées quand la voix de ma mère me fit sursauter. Je me retournai brusquement, manquant de peu de la tremper avec le tuyau.

— Désolée ! criai-je, en dirigeant rapidement le jet d'eau ailleurs.

Elle sourit, l'air serein comme à son habitude. Je ne l'avais pas vue comme ça depuis plus d'une semaine. C'était réconfortant mais inquiétant en même temps.

— Ce n'est rien. Ta grand-mère était pareille. Elle disait que les fleurs l'hypnotisaient. Elles la mettaient dans une transe qui lui procurait une paix que peu de gens auront la chance d'expérimenter, dit-elle d'un ton nostalgique.

— Qu'est-ce qui t'amène ? Tu es de retour de ton séjour d'urgence au spa ? demandai-je.

J'avais essayé de la trouver hier, pour découvrir qu'elle et le reste des femmes étaient parties en ville pour des prétendues vacances au spa. Tout avait été très soudain. Par coïncidence, ces vacances avaient eu lieu le matin après qu'elle et Lila aient été dans l'usine pour retirer secrètement les mystérieux bocaux. J'avais espéré suivre le conseil de Daphne et supplier ma mère d'être honnête, seulement pour découvrir qu'elle et ses amies sorcières avaient quitté la ville.

— Oui, nous sommes rentrées et je me sens merveilleusement bien. C'était une belle escapade, dit-elle, son sourire serein de retour. Tu sais, Violet, je pourrais t'apprendre à utiliser tes propres pouvoirs pour créer des beautés comme celles-ci, dit-elle en balayant d'un geste large les rangées de fleurs. Tu as beaucoup de pouvoirs inexploités.

Haussant un sourcil, je réfléchis à son changement d'attitude. Il y a quelques jours, elle parlait de me bannir ou de lier mes pouvoirs, et maintenant elle voulait m'apprendre les ficelles du métier. Ça devait être un sacré spa.

— Maman, je ne sais même pas si je veux en apprendre davantage sur mes pouvoirs, ou sur les sorcières en général d'ailleurs. Ça ne m'a pas très bien réussi jusqu'à présent.

— Oh, Violet. Tu ne peux pas renier ton héritage. C'est ce que tu es.

Je secouai la tête et fermai l'eau. — Je ne crois pas ça. J'étais juste moi-même pendant vingt-quatre ans et les choses allaient très bien. C'est cette ville et cette usine qui ont rendu ma vie folle. Je ne sais même pas si je veux rester à Lemon Bliss à ce stade. Je ne veux certainement pas avoir à m'inquiéter de ce tas de briques pour le reste de mes jours.

Son visage pâlit un peu tandis que je parlais. Ce n'était pas exactement la réaction que j'attendais, mais j'espérais qu'elle savait que j'étais sérieuse.

— Pouvons-nous entrer et parler ?

— Maman, commençai-je, mais elle leva une main, coupant court à ma protestation.

— S'il te plaît, Violet. Nous devons parler. Il y a eu beaucoup de tension entre nous et je veux clarifier les choses.

— D'accord, dis-je en lâchant le tuyau. Je m'arrêtai pour fermer l'eau près du porche avant d'entrer. Ma mère me suivit, s'arrêtant pour sentir quelques roses en fleur.

Remplissant rapidement deux verres d'eau glacée, je m'assis sur le canapé, lui en tendant un. Elle s'assit en face de moi dans un fauteuil et but une gorgée d'eau avant de le poser sur la table à côté d'elle et de joindre ses mains sur ses genoux. Les choses allaient devenir sérieuses. Prenant une profonde inspiration, j'essayai de calmer mes nerfs. Je devais lui dire ce que je ressentais et j'espérais qu'elle s'ouvrirait également à moi.

— Maman, j'ai fait beaucoup de recherches sur l'aconit. Cette plante est très dangereuse. Je sais que c'est un ingrédient courant dans beaucoup de potions que les sorcières utilisent. J'ai lu le grimoire et j'ai vu combien de fois il est mentionné, lâchai-je.

— Oui, je sais. Ça fait partie de notre histoire.

— Alors s'il te plaît, dis-moi pourquoi toi et les autres êtes si discrètes à ce sujet ? Quand nous vous avons interrogées, aucune d'entre vous n'a même confirmé que vous l'utilisiez.

— Violet, il y a des choses que tu n'as pas encore apprises. Nous voulons te montrer à toi et à Daphne les anciennes méthodes. Les anciennes méthodes sont ce qui maintient l'art vivant. Mais, nous ne pouvons pas simplement tout te dire en une seule journée. Il y a beaucoup à apprendre et comme pour la plupart des choses, tu dois apprendre en pratiquant.

Je me calai contre le canapé, faisant de mon mieux pour rester calme. — Les anciennes méthodes semblent être dangereuses. Pourquoi avez-vous besoin de cette substance en premier lieu ?

— C'est un ingrédient très puissant. Ce n'est pas comme si tu pouvais simplement le remplacer par autre chose et obtenir les mêmes résultats, expliqua-t-elle, comme si nous parlions d'une recette de tarte.

Nous n'avons jamais été imprudentes avec et nous savons définitivement comment l'utiliser en toute sécurité.

— Maman, j'ai lu que c'est utilisé pour protéger les maisons et les
sorcières des loups-garous. Es-tu sérieusement en train de me dire qu'il
y a des loups-garous qui rôdent et que vous avez besoin de l'aconit
pour vous protéger ? demandai-je, incrédule à cette idée.

Elle agita la main dans l'air. — Eh bien, il n'en reste plus beaucoup,
mais ils ont tendance à mépriser automatiquement presque tous les
autres êtres surnaturels.

Ma bouche s'ouvrit grand. — Quoi ?

— Tu as demandé si nous devions nous protéger des loups-garous.
Je te réponds que oui, ça ne fait pas de mal d'être prudent plutôt que
désolé quand il s'agit de quelque chose d'aussi simple.

Je clignai des yeux. Je ne devrais pas être surprise. — Il existe vraiment des loups-garous ?

— Bien sûr, ma chérie. Pensais-tu qu'ils étaient imaginaires ?

— Oui, je le pensais. Pourquoi diable croirais-je que des hommes se
transforment en loups ? demandai-je, sans même prendre la peine de
dissimuler l'incrédulité dans ma voix.

Toute ma vision du monde était en train de changer. Je m'étais
moquée de l'idée que George s'intéresse au surnaturel. La blague était
sur moi, apparemment.

— Il y a tant de choses que je peux t'enseigner si tu ouvres ton
esprit et me fais confiance, dit-elle.

— Des vampires ?

— Peut-être pas le genre que tu as vu dans les films, offrit-elle avec
un clin d'œil.

Je secouai lentement la tête. Tous ces livres que ma mère m'avait lus
quand j'étais petite. Ils étaient censés être des contes de fées, pas des
événements réels basés sur des créatures existantes.

Je me donnai une secousse mentale et me concentrai sur le
présent. — Pourquoi as-tu besoin de garder quelque chose d'aussi
dangereux ? Sérieusement, maman. Tu ne peux pas croire que tu seras
attaquée par un loup-garou à notre époque.

— Ce n'est pas utilisé uniquement dans ce but. Comme je l'ai expliqué, cela a de nombreuses utilisations. Je sais que nos rituels peuvent te sembler idiots, mais notre art est basé sur des rituels qui ont été utilisés pendant des siècles. Tu as entendu le dicton qui dit qu'on ne change pas une équipe qui gagne ? Notre art n'est pas cassé. Nous n'avons pas besoin de changer les choses juste pour suivre l'air du temps, expliqua-t-elle.

Je secouai la tête. — J'ai lu que l'aconit - l'herbe aux loups - était utilisé pour fabriquer des onguents à mouches. Je ne vois pas pourquoi tu ne peux pas simplement utiliser des rubans tue-mouches comme tout le monde. Tu ne peux pas me dire que ce changement va perturber des siècles de croyances et de rituels.

Son petit rire déclencha mon irritation, mais je ne trouvais pas ça le moins du monde amusant.

— Oh ma chérie, pas des onguents à mouches. Des onguents de *vol*, précisa-t-elle. Comme dans les sorcières sur des balais volant partout.

— Qu'est-ce que ça veut dire ? demandai-je. Les onguents sont frottés sur un balai et on peut partir pour un vol de minuit ? Maman, voyons. Tu ne peux pas t'attendre à ce que je croie ça.

— Les onguents de vol sont utilisés dans de nombreux rituels. Quand une sorcière veut voler quelque part, un peu d'onguent est utilisé. Ces mêmes onguents peuvent être utilisés pour se métamorphoser en hibou, en aigle, ou ce que la sorcière désire, expliqua-t-elle.

Je ne pouvais pas parler. Cette femme avait clairement perdu la tête. — Les onguents de vol te font voler ? demandai-je.

— Pas ton corps physique, non. C'est une expérience spirituelle.

— Donc, tu hallucines ?

Elle leva les yeux au ciel. — Oui et non. C'est un peu plus complexe que ça. Il existe différents onguents pour différents besoins. Lorsqu'ils sont utilisés correctement, l'expérience est à la fois libératrice et enrichissante.

— Tu utilises des plantes toxiques pour fabriquer ces onguents ?

— Parfois, mais nous savons comment les utiliser. Les baumes et onguents sont utilisés à petites doses. C'est l'une des choses que tu apprendrais si tu décidais de t'immerger dans la compréhension de notre héritage, dit-elle doucement.

Je secouai la tête. — Je ne pense pas pouvoir faire ça, maman. Je n'ai pas particulièrement envie d'halluciner ou d'utiliser une plante toxique.

Elle sourit. — Ma chérie, nous avons toutes utilisé les onguents - de nombreuses fois - et nous allons toutes très bien. Nous allons bien parce que nous avons été formées par nos mères, qui ont été formées par leurs mères, et ainsi de suite. Ce sont les personnes qui n'ont aucune idée réelle de comment utiliser les onguents qui s'attirent des ennuis. Oui, les gens ont l'impression de voler quand ils utilisent ce produit. C'est le but, fit-elle avec un clin d'œil. Le problème est que les personnes non formées essaient de sauter des immeubles. Il y a une bonne façon et une mauvaise façon de faire tout ce qui concerne la sorcellerie.

Je me penchai en avant. Elle était honnête. Je voulais être honnête et lui dire exactement pourquoi j'hésitais à plonger dans son monde de sorcellerie.

— Maman, Harry a été empoisonné à l'aconit. Il était dans cette usine et vous a mises en danger, toi et nous toutes. Toi et Lila avez dit d'innombrables fois que vous feriez n'importe quoi pour protéger le coven et vos secrets individuels, dis-je, en accentuant chaque mot.

— Oui, c'est vrai. Et je sais ce que le médecin légiste a dit au sujet du jeune Harry.

J'acquiesçai. — Je pense que toi ou Lila, ou peut-être vous quatre, avez utilisé l'un de ces onguents de vol pour tuer Harry.

Sa bouche se ferma brusquement et ses lèvres formèrent une ligne serrée. Je la fixai, attendant de voir sa réaction.

— Ce n'est pas vrai, siffla-t-elle. Comment oses-tu m'accuser de quelque chose d'aussi horrible ? Je ne ferais jamais de mal à qui que ce soit.

Je haussai une épaule. — Je n'en sais rien, maman. Tu as été plutôt louche dernièrement. Tu caches des bocaux contenant tes petites préparations spéciales. Tu es secrète et tu fais des choses que je n'aurais jamais attendues de toi.

Elle se leva et me fusilla du regard. — Je n'arrive pas à y croire. Tu devrais avoir honte, Violet. Je ne sais pas où tu as pu avoir une telle idée, mais c'est insultant. Je ne vais pas rester ici une minute de plus à t'entendre m'accuser de meurtre.

Je la regardai sortir en trombe par la porte d'entrée, la claquant violemment derrière elle.

— Hmm, ça s'est bien passé, marmonnai-je dans la pièce.

En fixant la porte, je réalisai soudain quelque chose. Elle n'avait jamais vraiment nié.

Une tension se noua dans mon ventre.

CHAPITRE DIX-SEPT

Après le départ de ma mère, j'ai commencé à faire les cent pas. L'instinct de fuite était à son comble. Je voulais courir à l'étage, faire ma valise et conduire jusqu'en Californie. Je voulais m'éloigner autant que possible de Lemon Bliss et du coven.

Un son interrompit mes machinations, et j'ai baissé les yeux vers la table basse pour voir le nom de Gabriel s'afficher sur l'écran de mon téléphone. Je l'ai attrapé précipitamment.

— Allô ?

— Qu'est-ce qui ne va pas ? a-t-il demandé immédiatement, me connaissant trop bien.

— Rien. Tout. Je ne sais pas. Ma mère vient de partir et ça ne s'est pas bien terminé, ai-je lâché.

— J'arrive dans quelques minutes, a-t-il dit avant de raccrocher.

En fixant l'écran, j'ai voulu lui dire de ne pas venir parce que j'allais partir, mais je n'ai pas pu m'y résoudre. Je détestais fuir les problèmes, mais j'étais en pleine panique. Je voulais renoncer à l'entreprise familiale et quitter cet endroit aussi vite que possible.

Je me demandais si Daphne voudrait venir avec moi. Je savais qu'elle était plus indécise que moi. Elle n'était pas vraiment contre la sorcellerie. Non pas que je sois contre la sorcellerie en soi. Ça avait été un choc d'apprendre que j'avais des pouvoirs, mais toute cette agitation autour du surnaturel à Lemon Bliss me stressait sérieusement. Sans compter les deux personnes qui étaient mortes.

J'ai arrêté de faire les cent pas et j'ai pensé au plaisir que Daphne et moi avions commencé à prendre en découvrant nos pouvoirs. Utiliser nos pouvoirs pour s'amuser, c'était acceptable. C'était même agréable. C'est tout le reste que je n'aimais pas.

Pouvais-je avoir l'un sans l'autre ? Et si j'étais en Californie, profitant de ma vie sans magie, et que l'un de ces pouvoirs que je ne connaissais pas montrait son horrible visage ? Et si je faisais accidentellement exploser quelque chose, ou si, coincée dans les embouteillages, ma frustration transformait quelqu'un en crapaud ? Je me sentais comme une bombe à retardement. Ce dont j'avais besoin, c'était de m'isoler.

Je pourrais m'installer dans un petit chalet haut dans les montagnes et ne plus jamais voir personne. Je n'aurais pas à m'inquiéter de tuer accidentellement quelqu'un ou d'utiliser mes pouvoirs contre un innocent.

— C'est ça ! me suis-je exclamée avec conviction.

Je n'avais pas besoin de travailler. J'avais l'héritage de ma grand-mère sur mon compte en banque. Tout commençait à prendre forme dans mon esprit. J'ai couru dans la cuisine, attrapé un stylo et du papier et commencé à écrire frénétiquement, dressant des listes de ce que je devais faire. C'était mon plan d'évasion !

— Qu'est-ce que tu fais ? La voix de Gabriel m'a fait sursauter.

J'ai relevé la tête d'où j'étais penchée sur le comptoir à écrire. — Quoi ?

— Je t'ai demandé ce que tu faisais. J'ai sonné et tu n'as pas répondu. Tu ne m'as pas entendu ?

J'ai secoué la tête. — Non, je ne t'ai pas entendu. J'étais dans ma bulle, je suppose.

— Qu'est-ce que tu écris ? a-t-il demandé en prenant le papier sur le comptoir.

Ses yeux se sont plissés tandis qu'il lisait mon écriture brouillonne. — Qu'est-ce que c'est ? Tu déménages ?

— Je ne peux pas rester ici, Gabriel. Je ne peux vraiment pas.

Il a pris ma main, posé le carnet sur le comptoir et m'a attirée contre lui. — Va te changer. On va quitter la ville un moment.

J'ai acquiescé, soulagée par cette distraction. J'ai couru à l'étage et me suis vite changée, enfilant un jean et un chemisier. Je n'avais aucune idée d'où nous allions, mais je voulais être à l'aise et prête à tout.

Quand je suis redescendue, la panique que j'avais ressentie plus tôt s'était un peu dissipée. Gabriel avait le don de faire ça. Il savait me ramener à la raison quand je perdais les pédales. Il allait me manquer quand je déménagerais.

Nous avons roulé jusqu'à Ruby Red en silence. Je réfléchissais encore à comment je vivrais seule pour le reste de ma vie. C'était une pensée effrayante, mais j'imaginais qu'une fois habituée, ce serait acceptable. Je pourrais avoir des renards ou des ours comme animaux de compagnie. Je pourrais utiliser ma magie pour les apprivoiser — si je parvenais à comprendre comment faire.

— Tu as faim ? a-t-il demandé.

— Oui, ai-je dit, réalisant que je mourais de faim.

C'était un déjeuner tardif, ce qui signifiait que le restaurant italien qu'il avait choisi était assez vide. C'était une bonne chose. Je n'avais pas envie d'être entourée de foules.

— Bon, raconte-moi ce qui s'est passé avec ta mère, et ne me dis pas « rien » parce que c'était visiblement quelque chose d'important. Tu es prête à tout abandonner et t'enfuir dans les montagnes. C'est sérieux, a-t-il dit, me regardant droit dans les yeux.

J'ai pris une profonde inspiration et lui ai tout raconté. Quand j'ai eu fini, il avait l'air bouleversé. — Wow, a-t-il murmuré.

— Ce n'est pas le mot que j'utiliserais, mais oui, wow en effet, ai-je dit en riant.

— Je n'arrive pas à croire qu'elles utilisent ce truc, a-t-il marmonné. C'est du LSD ?

— Je ne sais pas, ai-je haussé les épaules. Ça y ressemble. Daphne a un livre qui parle des différentes plantes utilisées dans de nombreux rituels. Beaucoup ont des propriétés hallucinogènes.

Il secouait la tête. — Je n'imagine pas tante Coral planer.

— Je suis désolée. Je ne t'en ai rien dit avant parce que je ne voulais pas que tu penses que j'accusais Coral de quoi que ce soit. Je voulais en savoir plus avant de dire quoi que ce soit, ai-je expliqué.

— Ce n'est pas grave. Je ne pense pas que ma tante puisse faire quelque chose d'aussi sournois, mais je peux essayer de lui demander.

— Vraiment ?

Il a haussé une épaule. — Bien sûr, pourquoi pas. Elle me parle de choses dont elle pense ne pas pouvoir discuter avec les autres femmes. Je suis un outsider, donc je suis en quelque sorte sans danger.

—Tu es sûre que ça ne te dérange pas que j'aie pratiquement accusé ta tante d'être une meurtrière ?

—Violet, honnêtement, je ne crois pas que l'un d'entre eux ait empoisonné Harry intentionnellement. Mais j'avoue que j'ai eu mes propres soupçons sur l'origine du poison. Je ne voulais rien te dire parce que je pensais que tu le cachais, dit-il avec un sourire. Je suppose que nous devons apprendre à nous faire davantage confiance.

Soutenant son regard bleu et chaleureux, je souris. Pour la première fois en une semaine, je me sentais calme. —Comment vas-tu aborder le sujet avec Coral ? demandai-je.

—Je ne sais pas. Je pense que je vais commencer par George. Je sais qu'elle est très contrariée qu'il soit encore en ville. Ils le sont tous, et je sais à quel point ils sont protecteurs envers leurs affaires, surtout l'usine, dit-il en secouant la tête.

—Cette usine est le fléau de mon existence, marmonnai-je.

—Je comprends pourquoi tu voulais la condamner, et je pense que c'est une bonne idée. Je peux acheter du bois demain. Si ce poison s'y trouve, nous ne voulons pas que quelqu'un d'autre puisse mettre la main dessus, dit-il avec une grimace. Sérieusement, s'il est si toxique, il devrait être conservé dans un coffre-fort ou quelque chose comme ça. Tu as dit qu'ils ont des bocaux qui traînent ?

—Pas en évidence, mais dans des armoires. J'ai trouvé un bocal dans la cave de Lila. En fait, je ne sais pas avec certitude ce qu'il y avait dedans.

—Quand même, ce n'est pas sûr. Il y a toujours un risque que quel-qu'un tombe dessus par accident.

—Je me demande ce que Coral va dire, dit-il, avant de prendre une bouchée de sa pizza. Je ne pense pas qu'elle niera tout, mais je ne sais pas si elle admettra tout non plus.

—Tu dois être prudent, Gabriel. Tu aurais dû entendre comment maman et Lila parlaient de Daphne et moi, comme si nous étions des nuisances dont il fallait s'occuper. Je m'attends à moitié à ce qu'elles effacent ma mémoire ou quelque chose comme ça. Si un jour je me réveille et que je ne te reconnais pas ou que je ne sais soudainement plus rien sur les sorcières et les loups-garous, tu sauras pourquoi.

Il rit. —Est-ce que ce serait vraiment si terrible ?

—En fait, non. J'espère juste que si elles le font, elles ne me donneront pas une amnésie complète.

—Peux-tu jeter un sort sur toi-même ? demanda-t-il d'un air pensif.

Je haussai les épaules. —Je n'en ai aucune idée, mais je vois où tu veux en venir. C'est une bonne idée. Je pourrais effacer tous mes souvenirs concernant la sorcellerie.

—Peut-être pas. Tu débutes dans l'art des sortilèges. Je détesterais que tu grilles ton cerveau. Je l'aime bien tel qu'il est, dit-il, avec un sourire charmant.

—Oh, c'est gentil, mais Gabriel ?

—Oui, Violet ?

—S'il te plaît, sois prudent.

—Violet, ma tante est l'une des femmes les plus douces et gentilles que je connaisse. Elle ne me fera pas de mal. Ne les condamne pas avant de connaître tous les faits. Harry aurait pu trouver la plante ailleurs. Il n'y a aucune preuve qu'il a été empoisonné dans l'usine.

—Eh bien, nous savons qu'il y était, dis-je, avant de lui raconter ce que j'avais vu de George et des autres dans l'usine et ce qu'ils avaient dit.

—Premièrement, dit-il en levant un doigt, je veux voir ces vidéos si Daphne les a obtenues. Deuxièmement, si les onguents étaient dans la salle secrète du coven, il est impossible que Harry ait été exposé à ces bocaux particuliers.

J'acquiesçai. —Oui, mais et s'il y avait des bocaux de l'autre côté du sous-sol ?

Il haussa les épaules. —On ne sait pas. Je ne pense pas que George va admettre qu'il était dans l'usine en général, et encore moins qu'il fouillait dans des cartons.

—Je sais quoi faire ! dis-je, une idée me venant à l'esprit. Nous allons jeter un sort de vérité. Il sera obligé de nous dire ce qu'il sait !

Gabriel hocha la tête. —Ça marcherait, s'il sait comment Harry a été empoisonné.

Je grimaçai. —Zut. Je ne comprends pas comment un seul d'entre eux est tombé malade.

—Peut-être que Harry menait une enquête parallèle dont il ne voulait pas que les autres soient au courant, suggéra Gabriel.

—C'est possible. J'aimerais que Harold nous dise ce qui se passe avec l'enquête. Je ne suis pas allée le voir et il ne m'a pas appelée ni ne s'est présenté à la boulangerie. Je ne veux pas demander et avoir l'air trop intéressée. Ça me ferait paraître coupable, mais je meurs d'envie de savoir.

Il sourit. —Je pense que si Harold te soupçonnait, toi ou les autres femmes, d'avoir quelque chose à voir avec ça, il ferait acte de présence.

Je secouai la tête. —Pas si Lila lui a jeté un sort à nouveau.

—Violet, il est possible que Harold ne soit pas du tout inclus dans l'enquête, dit Gabriel.

—Tu sais quoi, nous sommes ici pour me changer les idées. Je ne veux plus en parler. Plus de peut-être ou de et si. Je veux profiter de mon temps avec toi. Si je dois prendre la fuite, je veux avoir de bons souvenirs à emporter.

—Tu ne t'enfuiras nulle part. Je ne te laisserai pas faire.

Je souris et secouai la tête. —Désolée Gabriel, mais tu n'as pas le choix. Je ne resterai pas à Lemon Bliss une semaine de plus s'il s'avère que la mort de Harry était un meurtre de sang-froid. Je ne resterai pas si ma mère et le reste des sorcières ont été négligentes et ont coûté la vie à cet homme.

Il leva les deux mains en signe de reddition. —Compris. Alors, devrions-nous parler de football, de baseball ou de basket ? Ou mieux encore, de la météo ?

Je ris. —Merci.

Nous nous sommes tous les deux détendus et avons profité de

notre repas après cela. Quand il s'est arrêté devant ma maison, je lui ai demandé de rester. Je ne voulais pas être seule. Je n'avais pas peur, mais j'avais le sentiment que mes jours avec Gabriel étaient comptés et je voulais profiter de chaque minute possible.

CHAPITRE DIX-HUIT

Mon enthousiasme habituel pour la pâtisserie avait disparu. Ça ne me procurait plus la même joie qu'avant. Tout dans ma vie semblait déréglé. Le stress constant et le manque de sommeil me faisaient paraître deux fois mon âge. Je voyais bien que Daphne ressentait la même chose.

Nous n'avions pas beaucoup parlé de toute la journée. Nous avions toutes les deux fait les gestes mécaniques, à cuisiner et servir les clients. Après la fermeture de la boulangerie, Daphne est venue dans la cuisine, a ouvert son sac à main surdimensionné et en a sorti une bouteille de vin.

—J'ai besoin d'un verre, et je sais que toi aussi, a-t-elle annoncé en versant le liquide rouge dans des tasses à café. Comme nous n'avions pas de verres à vin ici, c'était parfait.

J'ai pris une longue gorgée en la regardant. —Merci, j'en avais besoin.

—Tu veux me raconter ce qui s'est passé hier ? a-t-elle demandé.

J'ai levé les yeux au ciel. —C'était affreux.

—J'ai entendu une version. J'attendais d'entendre la tienne.

Je lui ai donné la version condensée de ma conversation avec ma mère. Elle hochait la tête, comme si elle savait déjà ce que j'allais dire.

—Tu as l'air de déjà savoir ? ai-je demandé, un peu méfiante. —Ma mère t'a parlé ?

Elle a secoué la tête. —Non, mais ma mère m'a parlé et j'ai eu droit au même discours. Je suppose que nous étions le sujet de discussion pendant leur absence. Leur première approche n'a pas fonctionné, alors elles ont décidé de jouer les gentilles, essayant de nous séduire pour nous ramener dans le giron. Tu vas le faire ? a-t-elle demandé.

J'ai haussé les épaules et pris une autre gorgée de ma tasse. —Je ne sais pas.

—J'ai eu droit au sermon quand je suis passée chez ma mère à l'improviste. Je ne savais même pas qu'elle était de retour en ville. J'espérais jeter un coup d'œil chez elle. Quand je suis arrivée, elle était en train de charger des cartons dans le coffre de sa voiture.

—Encore des cartons ? ai-je demandé surprise. —Combien de ces pots ont-elles ? Si elles ont des caisses de ce soi-disant onguent volant, que font-elles vraiment avec ?

Daphne a secoué la tête. —Je n'en ai aucune idée, mais je pense que je ne prendrai plus rien de ce que ma mère ou les autres dames m'offriront. Même si elles n'essaient pas de m'empoisonner, je préfère éviter un vol non planifié, a-t-elle dit en riant.

—Je n'arrive pas à croire qu'elles aient autant de cette substance.

—Pourquoi ? Je ne comprends pas pourquoi elles aiment jouer avec du poison. Quel avantage cela pourrait-il avoir ? Je veux dire, franchement, quand est-ce que l'une d'entre elles a été attaquée par un loup-garou ou un vampire pour la dernière fois ? Et si c'est arrivé récemment, n'auraient-elles pas dû nous avertir que c'était possible ?

J'ai ri. —Je ne suis pas sûre que j'y aurais cru si l'une d'entre elles m'avait dit de faire attention aux loups-garous.

Elle a pouffé. —J'ai connu quelques hommes extrêmement poilus. Je me demande s'ils étaient des loups-garous.

—Tu te souviens de cette fois où nous dormions chez toi, je pense qu'on avait environ dix ans. Nos mères cuisinaient ce qu'elles appelaient du ragoût dans la cuisine. Tu te souviens à quel point ça sentait mauvais ? ai-je demandé.

Elle a acquiescé. —Comment pourrais-je l'oublier ? Je me demandais à quel point ce serait mauvais quand elle le servirait pour le dîner le lendemain. Mais on n'a jamais eu de ragoût.

—Ça devait être une de leurs potions ou onguents, ai-je dit en secouant la tête. —Et si elles utilisaient des ingrédients toxiques ? Et si nous avions accidentellement touché la cuillère ou pris une bouchée de ce truc ? ai-je demandé avec horreur.

—Attends ! Je me souviens quand mon père est parti. Ma mère n'était même pas triste. Tu crois que... Ses mots se sont estompés, et elle n'a pas terminé sa question.

Elle n'avait pas besoin de le faire. —Tous les maris sont morts jeunes ou ont disparu, ai-je murmuré.

—Ma mère appelait ça une malédiction, mais et si c'était de leur fait ? Ma grand-mère était également célibataire. En fait, la seule femme Broussard à avoir gardé un mari jusqu'à sa mort était mon arrière-arrière-grand-mère.

Daphne semblait pensive. —Maintenant que j'y pense, je n'ai jamais rencontré mon grand-père.

—C'est étrange. En y repensant, il s'est passé beaucoup de choses bizarres pendant mon enfance. Tu te souviens de cette maison de femme qui a pris feu ?

Daphne a hoché la tête. —Oui. Je me souviens que ma mère n'était pas du tout désolée pour elle. Il y avait une boîte de dons au comptoir de l'épicerie et elle a failli s'étrangler quand je lui ai demandé si nous pouvions y mettre de l'argent.

—J'ai entendu ma mère et ma grand-mère en parler. Elles étaient contentes qu'elle déménage quelque part très loin. Je trouvais ça plutôt méchant, mais maintenant je me demande si elles n'ont pas déclenché l'incendie pour la faire quitter la ville.

Le silence s'est installé entre nous. Je pouvais me rappeler d'innombrables épisodes où les choses semblaient étranges, mais ma mère avait toujours une excuse. Je suppose que maintenant, c'était son utilisation de la sorcellerie.

—Tu crois qu'elles terrorisent Lemon Bliss depuis tout ce temps ? a demandé Daphne.

—Je ne sais pas, mais ça expliquerait pourquoi elles restent souvent entre elles. Personne ne leur parle vraiment, ni ne parle d'elles. C'est comme si elles étaient la royauté de Lemon Bliss en quelque sorte. Quand elles entrent quelque part, tu vois comment les autres les regardent. Tu sais, un genre de « regarde mais ne touche pas ».

Elle a acquiescé. —Et Darlene les détestait à cause de ce que sa famille a enduré. Nous avons cru l'histoire que nos mères nous ont racontée qui mettait la faute sur les ancêtres de Darlene, mais qui sait, peut-être que c'étaient nos ancêtres qui avaient tort. Ont-elles toujours été les brutes qui chassent les gens qu'elles n'aiment pas de la ville ?

—Wow. Je ne sais pas quoi penser, ai-je marmonné. —Mais j'envisage sérieusement mon plan de déménager dans une cabane isolée.

— De quoi parles-tu ? demanda-t-elle, les yeux écarquillés en avalant une gorgée de vin.

Je poussai un long soupir et lui exposai mon plan. Pendant tout le temps que je parlais, elle secouait la tête. — Tu ne peux pas faire ça. La boulangerie !

— Tu peux l'avoir. Je te céderai volontiers ma moitié. Je ne veux plus continuer, Daphne. Je suis fatiguée, dis-je, toute mon émotion et ma frustration transparaissant dans ma voix.

— Ça ne va pas se passer comme ça. Elles ne vont pas nous chasser de la ville après avoir tant travaillé pour nous faire venir ici. Tu n'es pas du genre à abandonner. Je te connais. C'est juste un obstacle à surmonter. On va rester et se battre. On va riposter, insista-t-elle.

—Je ne sais pas si j'en ai envie.

Elle frappa le grand comptoir d'une main ouverte. — Si, tu en as envie.

Je souris. — Quel est ton plan ? Ce n'est même pas que j'ai peur d'elles, mais je ne veux pas être associée à leurs comportements. Je ne pense pas que voler jusqu'où que ce soit où l'onguent m'emmènerait figure dans ma liste des dix choses que je veux faire. Tu ne te souviens pas de la fois où on a pris des champignons ?

Elle éclata de rire. — Oh là là. Ne me rappelle pas ça.

J'acquiesçai. — C'est pourquoi je n'ai aucune intention de voler, de me métamorphoser ou de faire quoi que ce soit d'autre de dingue.

— C'est tellement difficile à imaginer, dit-elle en secouant la tête. Nos mères !

— Gabriel va essayer de parler à Coral, dis-je, attendant la prochaine explosion.

— Quoi ! Tu es folle ? s'écria-t-elle.

C'était la réaction que j'attendais. C'était une idée farfelue et nous savions toutes les deux ce qui pouvait arriver. Les hommes associés aux femmes que nous connaissions n'avaient pas tendance à rester longtemps.

— Il a insisté. Je pense que Coral est probablement la moins dangereuse de toutes, raisonnai-je.

— Si tu le dis, rétorqua-t-elle.

— Finissons-en. Je veux sortir d'ici. Je veux boire du vin, me blottir dans mon lit et oublier que tout cela se passe.

— Peut-être que je devrais appeler Harold et lui demander ce que l'enquête a révélé ? suggéra Daphne.

— Non ! Il va penser que tu sais quelque chose.

— Je sais effectivement quelque chose, dit-elle sèchement.

— En fait, c'est peut-être une bonne idée. Je peux appeler et demander si je dois m'inquiéter pour l'usine. Je lui dirai que je condamne les fenêtres et les portes pour qu'elle soit inaccessible. Peut-être qu'il me donnera un petit morceau d'information.

Elle hocha la tête, ses yeux s'illuminant. — Ça ne peut pas faire de mal. Appelle-le !

L'horloge indiquait un peu après cinq heures. Avec un peu de chance, il serait encore à son bureau. Je pris mon téléphone, cherchai le numéro et attendis que sa secrétaire réponde.

Il était là. Je me tournai et fis un pouce en l'air à Daphne. Elle sourit en réponse.

— Bonjour Harold, c'est Violet. Avez-vous quelques minutes ?

Je me renseignai sur l'enquête et lui expliquai mes projets pour l'usine. Il ne voulut pas me donner de véritables informations sur l'enquête, mais dit qu'il ne voyait pas d'inconvénient à ce que je condamne les lieux. En fait, il a dit qu'il était soulagé que je prenne des mesures pour mieux la sécuriser.

Je raccrochai, sans en savoir davantage, mais en me sentant un peu mieux. Ne serait-ce que parce que j'avais l'impression d'avoir fait quelque chose.

— Daphne, as-tu vérifié ces cartes mémoire ? demandai-je, me souvenant seulement maintenant qu'elle devait le faire.

Ses yeux s'agrandirent. — Non ! J'avais complètement oublié ! Allons les chercher ! dit-elle avec enthousiasme.

Je souris, impatiente d'avoir un peu de divertissement.

— Prends ton ordinateur portable, dis-je en m'essuyant les mains et en rangeant rapidement tout.

Elle se dirigea vers l'avant pour le prendre sous le comptoir. Nous fermâmes la boulangerie à clé et conduisîmes jusqu'à l'usine, sans nous soucier de qui nous verrait entrer. Nous utilisâmes la porte d'entrée et pénétrâmes à l'intérieur, défiant quiconque de le remarquer.

— Comment allons-nous monter là-haut ? demanda-t-elle en pointant vers l'une des caméras montées dans le coin.

Je regardai autour de moi, trouvai une caisse en bois vide et la poussai. Je tins la caisse pour qu'elle reste stable pendant qu'elle grimpait dessus et retirait la carte mémoire.

— Tu vas en mettre une nouvelle ? demandai-je.

— Pas avant qu'on ait fini ici.

— Bien pensé. Je savais qu'il y avait une raison pour laquelle nous étions amies, la taquinai-je.

— Ne me demande pas comment nous allons remplacer toutes les cartes sans qu'ils nous attrapent sur caméra, plaisanta-t-elle.

— Argh, je n'y avais pas pensé. Laissons simplement les cartes dehors. Ils supposeront qu'ils ont oublié de les insérer. Du moins, je l'espère. Ce n'est pas comme s'ils auront une preuve du contraire, dis-je, ne me souciant pas vraiment que les intrus me voient manipuler leur équipement. C'était mon usine après tout.

— Ça me va. Descendons avec ça, dit-elle en portant l'ordinateur portable vers la porte cachée.

Je la suivis, impatiente de voir ce qu'il y avait sur les cartes mémoire.

Nous nous affalâmes sur le canapé. Elle chargea la première carte, et j'eus mon premier aperçu de Dale Jr. et Stan. Quand les images de leur tentative d'appeler le fantôme apparurent, nous éclatâmes toutes les deux de rire. C'était un rire dont nous avions bien besoin après une semaine stressante.

—J'ai presque de la peine pour eux, dis-je.

— Pourquoi ?

— Ils veulent tellement voir un fantôme. Peut-être qu'on devrait monter quelque chose, suggérai-je.

— Pas question, tu aurais ensuite toutes sortes de chasseurs de surnaturel qui se bousculeraient pour entrer ici.

—Je pourrais peut-être faire payer des frais. On pourrait établir un programme pour n'avoir qu'un groupe à la fois, méditai-je.

— Et comment les dames accéderaient à leur salle secrète ?

— Ah oui, c'est vrai. D'accord, très bien. Je vais m'en tenir à condamner l'endroit et à le verrouiller hermétiquement.

Elle se renversa sur le canapé, le visage tourné vers le plafond. — Violet, j'ai une idée.

J'avais peur de demander.

CHAPITRE DIX-NEUF

Son idée n'était pas très séduisante, mais j'ai accepté de la suivre. Il était temps que nous mettions tout à plat. C'était comme arracher un pansement. Nous devions le faire rapidement et en finir avec la douleur d'un coup, au lieu de faire traîner les choses.

Je faisais les cent pas dans l'espace salon de la pièce secrète. — On aurait dû apporter quelque chose à manger.

— Eh bien, quand nous sommes venues ici, je ne prévoyais pas d'y rester.

Daphne avait décidé qu'une réunion du coven nous donnerait l'occasion d'exprimer nos griefs. Si les autres sorcières refusaient d'entendre raison et insistaient pour poursuivre leurs charades, elle et moi étions prêtes à quitter définitivement le coven.

— Ce serait bien que la réunion soit courte. J'ai faim, me suis-je plainte.

— Je dois aller garer ma voiture à l'arrière. Je crois que j'ai une barre de céréales là-bas. Tu peux l'avoir, a-t-elle dit en montant les escaliers.

Peu de temps après, ma mère et le reste des femmes sont arrivées. La tension était palpable. C'était Daphne et moi contre elles toutes. Nous le savions et elles le savaient aussi.

— De quoi s'agit-il ? a demandé Magnolia. Vous nous avez toutes fait venir ici pour quelque chose.

— Oui, c'est vrai. Nous devons parler et je vais vous demander d'être honnêtes avec nous. Vous devez comprendre que Violet et moi sommes prêtes à tout abandonner si nous avons l'impression que vous n'êtes pas franches avec nous, a commencé Daphne.

Lila a ricané. — Oh, je vous en prie. Vous faites juste un caprice, les filles. Il est temps que vous grandissiez et compreniez que vous ne pouvez pas tout avoir comme vous le voulez.

— Lila, s'il te plaît, a interrompu Coral. Laisse-les dire ce qu'elles ont sur le cœur.

J'ai lancé un sourire dans sa direction, la remerciant silencieusement pour son soutien.

— Nous pensons que l'une ou vous toutes avez eu quelque chose à voir avec la mort de Harry, ai-je lâché brusquement.

Les regards de choc et d'horreur sur les visages des femmes que j'avais toujours considérées comme des secondes mères étaient un peu tristes, mais il fallait que ce soit dit.

— Violet, m'a avertie ma mère. Nous en avons parlé.

— Non, c'est toi qui en as parlé et ensuite tu es partie en trombe. Maman, je sais que toi et Lila avez pris les onguents et les autres pots de potions d'ici.

Elle a haussé un sourcil. — Ah vraiment ? Et comment le sais-tu ?

— Parce que j'étais là. Je vous ai entendues parler. J'ai entendu Lila te dire de me contrôler, ou plutôt, selon ses mots, de *me dompter*, ai-je dit, lançant un regard noir à la femme aux cheveux lavande.

Le visage de Lila a viré au rouge face à cette accusation.

— Lila ? a dit Magnolia, se tournant pour regarder son amie. Tu as vraiment dit ça ?

— Ce n'est pas tout ce qu'elle a dit. Elle a aussi suggéré que vous cherchiez d'autres sorcières pour prendre la relève du coven parce que Daphne et moi n'étions pas à la hauteur.

— Lila ! a bafouillé Magnolia. Ce n'est pas à toi de prendre cette décision !

Lila a éclaté en sanglots, mais je ne me sentais pas coupable le moins du monde. Coral secouait la tête. Ma mère avait l'air d'avoir mâché des clous. Daphne et moi nous sommes adossées et avons attendu que l'une d'elles essaie de nier leurs plans.

Aucune ne l'a fait.

C'est finalement Magnolia qui a regardé Daphne, puis moi. — Je n'arrive pas à croire que vous puissiez penser que nous ferions du mal à qui que ce soit.

Daphne a levé les yeux au ciel. — Nous soupçonnons qu'il s'est passé beaucoup plus de choses tout au long de nos vies que vous nous avez toutes cachées. Prétendre être innocentes maintenant ne va pas aider.

— Daphne ! Je ne ferais jamais de mal à quelqu'un, encore moins tuer une autre personne. Ce serait s'aventurer dans les arts obscurs et il n'y a pas de retour possible de là, l'a-t-elle réprimandée, mais a rapidement adouci son ton. Je ne veux pas que tu penses ça de moi.

— Il faut que quelqu'un commence à parler. S'il vous plaît, ne nous sortez pas des phrases toutes faites sur la protection du coven ou quoi que ce soit de ce genre. Nous comprenons. Cela ne signifie pas que vous pouvez causer un préjudice grave à quelqu'un puis travailler ensemble pour cacher les preuves, ai-je dit.

Ma mère a pris les devants et a commencé à parler. — Oui, il y avait des onguents conservés ici. Beaucoup d'entre eux sont plus anciens que ce bâtiment. En fait, la pièce où vous vous trouvez existait avant l'usine. C'était un repaire souterrain secret pour les sorcières qui voyageaient de partout pour pratiquer ici. C'était leur sanctuaire.

— Quoi ? ai-je demandé avec stupéfaction.

Elle a hoché la tête. — L'usine a été construite au-dessus de cette pièce après que la maison d'origine ait été démolie. C'est ton arrière-arrière-grand-mère qui a ensorcelé les ouvriers à l'époque pour qu'ils oublient ce qu'ils avaient vu quand la construction a commencé. Cette pièce a été utilisée par des sorcières de différents covens. Elle détient un grand pouvoir. Les onguents étaient stockés ici en toute sécurité, car aucun mortel ne peut voir cette pièce.

— Alors comment Harry a-t-il réussi à mettre la main sur le poison ? a demandé Daphne.

C'est Magnolia qui a répondu. — Comme nous l'avons dit, nous ne sommes pas les seules sorcières à utiliser cet espace. Comme chaque onguent varie en ingrédients, certains étant bien plus puissants que d'autres, nous avons dû les garder séparés. Il y a des années, nous avons retiré certains onguents qui se sont avérés extrêmement puissants. Des sorcières inexpérimentées avaient préparé ces onguents et ils étaient dangereux. Nous avons jugé préférable de les éloigner des autres pour éviter d'autres incidents.

— Des incidents ? ai-je dit en haussant un sourcil.

— Il y a de très, très nombreuses années, une jeune sorcière est morte ici. Elle tentait de se métamorphoser et a utilisé un onguent beaucoup trop puissant pour son corps.

J'ai hoché la tête, me souvenant du meurtre dont j'avais entendu parler. Cette mort avait été imputée aux sorcières de l'époque, et à juste titre.

— Vous voulez dire que ces pots étaient stockés dans la cave principale ? ai-je demandé.

Lila soupira. — Oui. Nous ne savions pas quoi en faire. L'usine était fermée et il y avait tellement de boîtes et d'étagères que nous avons pensé pouvoir cacher les pots à la vue de tous. Ils sont là depuis plus de vingt ans. Nous les avons déplacés après que ta grand-mère ait empêché une jeune femme d'utiliser l'onguent. Nous ne pouvions pas risquer que quelqu'un soit blessé ou meurt. Cela aurait ravivé de vieilles tensions et mis l'usine sous les projecteurs.

Je commençais lentement à comprendre ce qui s'était passé ce jour fatidique.

— Harry a probablement trouvé un des pots, dit doucement Coral. Tu dois comprendre ; nous nous sentons toutes horriblement mal à propos de ce qui s'est passé. Nous n'avons jamais pensé que quelqu'un trouverait la boîte, et nous n'avons certainement jamais voulu que quelqu'un soit blessé.

— Il n'a pas été blessé. Il est mort, fit remarquer Daphne.

— Daphne, ce n'est pas juste, déclara Magnolia. Aucune d'entre nous ne voulait que cela arrive. C'était un accident. Un horrible accident.

— Je ne sais pas si sa famille considérerait cela comme un accident. Ils ont perdu un garçon de dix-neuf ans, fis-je remarquer.

— Nous le savons, dit ma mère, la frustration perceptible dans sa voix. Nous le savons, c'est pourquoi nous faisons ce que nous pouvons pour nous assurer que cela ne se reproduise pas.

— Que faites-vous ? demandai-je.

Elle prit une profonde inspiration. — Les boîtes que nous avons envoyées par la poste contiennent les pots de divers onguents. Nous les envoyons à d'autres sorcières à travers le pays pour qu'elles les gardent en lieu sûr.

— En quoi est-ce plus sûr ? Plus de personnes vont y être exposées, dit Daphne avec exaspération.

— Elles s'occupent de tout ça, et les boîtes sont protégées par des sorts pour voyager en toute sécurité. Les sorcières du monde entier ont ces potions et ces baumes à disposition. Ils sont sans danger lorsqu'ils sont conservés correctement, expliqua Magnolia.

— Pourquoi n'avez-vous rien dit à Harold ? demandai-je.

Ma mère ricana. — Violet, si nous lui disons que nous avions des potions secrètes dans le sous-sol de l'usine, nous nous exposerions à un monde de problèmes.

— Vous ne pouvez pas dire qu'elles étaient des restes de l'usine ?

— Personne ne croirait jamais que nous utilisions des toxines mortelles pour fabriquer du thé au citron, répondit ma mère.

Elle marquait un point.

— D'accord, pourriez-vous dire que vous fabriquiez des baumes pour vos muscles ou quelque chose comme ça ? J'ai lu qu'ils utilisaient l'aconit autrefois à des fins médicinales, demandai-je.

Ma mère regarda les autres femmes, jugeant leurs réactions. Personne n'avait l'air d'approuver l'idée.

— C'est trop risqué. Il y aurait des questions sur la raison pour laquelle nous avions de l'aconit et il y aurait certainement une fouille complète de l'usine. Nous ne pouvons pas nous permettre d'éveiller les soupçons. Il y a beaucoup de gens à Lemon Bliss qui croient déjà que nous *sommes* des sorcières. Nous avons fait très attention à ne rien leur donner qui puisse servir de preuve pour confirmer leurs théories, expliqua Coral.

Daphne croisa mon regard. Je pouvais voir qu'elle s'adoucissait envers elles. Moi aussi. Lila pleurait silencieusement dans son fauteuil, tamponnant ses larmes avec un mouchoir froissé.

— D'accord, vous n'avez pas intentionnellement tué cet homme, mais nous cacher ce que vous saviez n'était pas utile, déclarai-je.

— Il n'y avait aucune raison pour que vous vous inquiétiez. Nous avions la situation en main. Si vous n'aviez pas été si curieuses, nous aurions pu nous en occuper et vous n'auriez jamais rien su de tout cela. Regardez tout le stress que cela vous a causé. Nous voulions seulement protéger Daphne et toi, dit ma mère d'un ton sincère.

Bien que ce fût toujours un terrible et tragique accident que Harry soit mort, j'étais infiniment soulagée que ma mère et les autres soient enfin honnêtes avec nous.

— Une question, dis-je. Pourquoi ne pouvez-vous pas simplement détruire les baumes ? Pourquoi risquer de les envoyer à travers le pays dans des boîtes ? Ils pourraient se casser pendant le transport. Avez-vous déjà vu comment certains colis sont manipulés ?

— Comme je l'ai dit, nous jetons un sort de protection sur chaque boîte. Il tiendra jusqu'à ce qu'il soit défait par une autre sorcière, expliqua Magnolia.

Daphne et moi avons échangé un regard. — Et enterrer les pots ? demandai-je, d'une voix aiguë.

Les femmes se regardèrent. Ce fut Coral qui prit la parole. — Je ne sais pas. Nous n'avons jamais essayé.

Je baissai les yeux vers mes pieds.

— Violet ? dit ma mère.

— J'en ai enterré un, murmurai-je.

Je pouvais entendre un halètement collectif dans la pièce.

— Enterré un quoi ? la voix de ma mère était au bord de l'hystérie.

— Un pot.

— Où as-tu trouvé un pot ?

Je levai les yeux et rencontrai le regard de Lila. — Dans le sous-sol de Lila, murmurai-je.

— Toi ! hurla Lila. Tu es entrée par effraction dans ma maison et tu as volé un pot dans mon sous-sol ?

— Oui. Je suis désolée. Non. En fait, je ne suis pas désolée. Aucune d'entre vous ne voulait nous dire ce qui se passait. Je devais savoir. C'était un risque pour la santé publique, expliquai-je.

— Lila, calme-toi. Au moins, nous savons où est passé le pot. C'est un énorme poids en moins sur nos consciences, dit Coral avec un léger sourire. Vous avez été bien occupées, les filles.

— Vous ne nous avez pas laissé le choix, dit Daphne.

J'acquiesçai. — Si vous aviez été honnêtes dès le début, nous aurions pu éviter tout cela. C'était votre choix de cacher les choses et ce n'était pas correct. Vous ne pouvez pas vous attendre à ce que Daphne ou moi soyons complices pour dissimuler un crime, même s'il était accidentel.

— Tu as raison, dit Magnolia. Nous pensions vous protéger toutes les deux. Ce n'était pas par malveillance. Pouvons-nous s'il vous plaît aller de l'avant et mettre tout cela derrière nous ?

Daphne et moi nous sommes regardées et avons lentement acquiescé.

— Oui, mais plus de secrets, prévins-je.

Ma mère bondit et m'entoura de ses bras. — Je suis si heureuse d'entendre ça. Je te promets que nous ne vous cacherons plus jamais rien.

Nous avons fait un énorme câlin collectif. Mon monde semblait enfin retrouver son équilibre après avoir été basculé pendant si longtemps.

CHAPITRE VINGT

Plus tard ce soir-là, Daphne est venue chez moi pour fêter ça. Après ce que j'avais pris pour la fin du monde, tout s'était finalement arrangé. Je me sentais en paix, plus que je ne l'avais jamais été depuis mon arrivée à Lemon Bliss. Ma mère et ses amies avaient promis de nous inclure dans toutes les décisions futures. C'était vraiment tout ce que nous voulions. Ces affaires louches n'étaient pas propices à établir la confiance. Elles ont juré d'être plus prudentes à l'avenir avec leurs concoctions potentiellement mortelles.

— Ressers-moi ! dit Daphne en tendant son verre de vin.

J'ai ri et me suis empressée de l'obliger.

— Bon, maintenant que nous avons presque résolu tous les problèmes du monde, du moins ceux de Lemon Bliss, il reste encore une petite question à régler, dis-je avant de prendre une longue gorgée de mon verre.

— George.

J'ai hoché la tête. — Oui, George et ses copains. J'ai l'impression qu'il va continuer à s'en prendre à l'usine et à nous jusqu'à ce qu'il obtienne quelque chose. Franchement, je pense que c'est un imposteur qui profite de la réputation de son ancien partenaire. Dale était le cerveau de l'opération. George ne peut aller nulle part ailleurs parce qu'il ne sait pas où aller. Cet homme n'a pas une idée originale dans la tête, ai-je grommelé.

Daphne a ri. — On pourrait peut-être lui trouver une maison hantée.

— C'est une idée. Où trouve-t-on une maison hantée ?

— Je ne sais pas. On pourrait peut-être appeler l'un des vrais enquêteurs paranormaux et lui demander s'ils peuvent lui montrer les ficelles du métier, a-t-elle suggéré.

— J'ai l'impression que personne ne voudra de lui. Non seulement il est agaçant, mais il ne semble pas être très malin, ai-je répliqué.

Elle a soupiré en prenant une autre gorgée de son vin. — Pourquoi dois-tu gâcher mon plaisir ? C'est du bon vin. On ne se fait pas souvent ce genre de plaisir et j'aimerais vraiment en profiter.

— Je sais, mais on pourra profiter du bon vin autant qu'on veut... une fois que tout ça sera derrière nous. Imagine, on n'aura plus besoin de se faufiler dans l'usine. Personne ne lui prêtera attention si elle redevient cette vieille usine ennuyeuse à la périphérie de la ville.

— Bon, a-t-elle grogné. Qu'est-ce qu'on va faire ? Dis-moi que c'est quelque chose de rapide et facile. J'en ai assez de perdre autant de temps là-dessus. Je dois trouver mon prochain mari, après tout, a-t-elle dit avec un clin d'œil.

— Et si on les invitait dans l'usine et qu'on les laissait fouiller à la recherche de fantômes ? Une fois qu'ils auront réalisé qu'il n'y a rien, ils abandonneront et s'en iront, ai-je raisonné.

Daphne avait l'air sceptique. — Et s'ils voient quelque chose ?

Comme je ne répondais pas immédiatement, elle a agité la main.

— George. Ses caméras, et s'ils parvenaient à capturer un fantôme ?

— Je doute sérieusement qu'ils voient un fantôme. Tu ne penses pas qu'ils en verront un, si ?

Elle a éclaté de rire. — On a récemment appris qu'il existe toutes sortes de créatures surnaturelles. Je ne pense pas que ce serait un si grand pas d'accepter qu'il puisse y avoir des fantômes qui rôdent dans l'usine. En fait, vu l'histoire mouvementée du site, c'est probablement très probable.

— Pourquoi ne les avons-nous pas vus ? ai-je demandé.

Elle a haussé les épaules. — Peut-être parce que nous ne sommes pas des croyantes ?

— D'accord, peu importe. Alors que faire s'il y a une chance qu'ils voient un fantôme ? On s'en occupera le moment venu. Pour l'instant, je propose qu'on les laisse entrer et qu'on les surveille. Comme ça, on pourra s'assurer qu'ils ne trouvent rien qu'ils ne devraient pas, ai-je dit.

Elle a hoché la tête. — Avant de les laisser entrer, nous devons faire une visite complète de l'usine, y compris du sous-sol.

— Bien. Oui, on a un plan !

Un coup à la porte a attiré mon attention. Quand je l'ai ouverte, j'ai vu ma mère avec le reste de ses amies et Gabriel.

J'ai éclaté de rire quand ma mère a brandi une bouteille de vin. — On peut s'incruster à votre fête ?

— Entrez, on a déjà commencé, ai-je dit en riant tout en reculant pour les laisser entrer.

———

Le lendemain matin, je me sentais un peu mal en point. Je me suis tirée du lit et suis descendue. À un moment donné tard dans la nuit, une autre idée m'était venue. Je ne pouvais m'empêcher de penser que ma grand-mère avait d'une certaine manière planté la graine de cette idée dans mon subconscient.

Ma mère m'avait dit la veille que ma grand-mère cultivait de l'aconit dans sa serre. Il y avait effectivement une chance que la plante fasse partie du fouillis sauvage de fleurs qui couvrait la majeure partie de l'avant et de l'arrière-cour. Nous avions regardé la nuit dernière, mais aucune de nous ne voyait assez bien pour en être sûre.

J'ai enfilé mes chaussures et me suis dirigée vers la serre. Il y avait divers paquets de graines stockés dans des bocaux.

— Ah ! ai-je souri, quand j'ai vu celui que je voulais.

J'ai pris le bocal et me suis dirigée vers un espace libre dans le parterre de fleurs. Utilisant les gants que je gardais pour nettoyer la salle de bain, j'ai soigneusement poussé la graine dans le sol.

Puis, prenant une profonde inspiration, j'ai récité le sort que ma mère m'avait appris la nuit dernière. J'espérais que ça fonctionnerait.

J'ai attendu, mais rien ne s'est produit. J'ai répété l'incantation et agité mes mains au-dessus de la terre où j'avais enfoncé la graine.

— Allez, ai-je murmuré. Fonctionne.

J'ai répété l'incantation plusieurs fois encore.

— Grr ! ai-je crié en entrant dans la maison d'un pas lourd. Je n'aurais pas dû me faire d'illusions.

C'était Grand-mère qui avait le pouvoir, pas moi. Mon plan ne fonctionnerait pas si je ne pouvais pas mettre la main sur cette plante. Après une douche, je suis ressortie avec une tasse de café frais. J'allais essayer une dernière fois.

— Quoi ? ai-je crié quand j'ai vu la plante en pleine floraison. Ça a marché ! Ça a marché !

J'ai couru à l'intérieur pour prendre mes gants. J'ai soigneusement cueilli quelques fleurs et feuilles de la plante et les ai mises dans un sac plastique hermétique. J'ai mis ce sac dans un autre sac, puis dans un troisième pour plus de sécurité. Je n'avais aucune idée de la puissance des fleurs, mais je ne voulais prendre aucun risque.

J'ai appelé Lila depuis la voiture. — Tu l'as eu ? ai-je demandé, excitée.

— Oui. Tu es prête ?

— Oui, vas-y.

Elle m'a vite récité l'adresse. — Sois prudente, m'a-t-elle avertie.

— Je le serai.

J'ai raccroché et me suis dirigée vers le petit motel situé à quelques kilomètres sur l'autoroute. Harry avait loué la chambre pour le mois. Harold avait dit à Lila que la police n'avait pas encore fouillé les lieux et suivait d'autres pistes. Apparemment, la mort de Harry n'était pas une priorité pour les enquêteurs de l'État. C'était un peu triste.

Faisant comme si j'étais à ma place, j'ai passé ma main au-dessus de la porte et suis entrée. Je me sentais terrible pour ce que j'étais sur le point de faire, mais Harry était déjà mort. Il n'y avait aucun intérêt à causer plus de problèmes alors que tout avait été un malheureux accident.

J'ai laissé tomber quelques feuilles sur le sol, puis je suis allée dans la salle de bain pour en mettre quelques-unes à côté des toilettes. J'espérais que ce serait suffisant pour expliquer son empoisonnement accidentel. J'ai regardé les pétales de fleurs et j'ai réalisé que je pourrais mettre quelqu'un d'autre en danger si cette personne entrait dans la chambre. J'ai hésité plusieurs minutes avant de décider de les laisser. La chambre était verrouillée. Les enquêteurs sauraient qu'il y avait un risque que la toxine soit présente dans la pièce.

En quittant la chambre, je suis montée dans ma voiture et me suis dirigée vers le Crooked Coffee où je devais retrouver ma mère et Lila.

— Salut, ai-je dit en me glissant dans le box.

— J'ai déjà commandé pour nous toutes, a dit ma mère, passant immédiatement à autre chose. Alors, tu l'as fait ?

J'ai acquiescé. — Oui. Je prie juste pour que personne ne touche ces fleurs.

— Lila est déjà en train d'appeler Harold pour lui suggérer de vérifier l'hôtel à nouveau. Il se sent mis à l'écart de l'enquête d'État, donc c'est parfait. Il pourra aider.

— J'espère. Je n'arrive pas à croire que le sort de la plante a fonctionné, ai-je dit, sentant une vague de fierté monter en moi.

— Je savais que tu pouvais le faire. Tu as hérité de beaucoup des pouvoirs de ta grand-mère. Ce n'est que la partie émergée de l'iceberg.

Lila est entrée d'un pas léger dans le café. — Salut, les filles ! a-t-elle fait signe en venant s'asseoir à côté de ma mère dans le box.

Je lui ai souri. Elle rayonnait littéralement.

— Tu l'as fait ? lui ai-je demandé.

Elle a légèrement haussé les épaules. — Je me suis occupée de deux choses. J'ai appelé Harold et je lui ai dit que j'avais entendu dire que quelqu'un pourrait prévoir de vider la chambre que Harry avait à l'hôtel. Il a dit qu'il s'y rendait immédiatement. J'ai même pensé à lui rappeler d'être prudent puisque Harry aurait pu être empoisonné. Il m'a assuré qu'il veillerait à ce que quiconque entre dans la chambre porte un équipement de sécurité. Et puis, j'ai peut-être planté une petite graine. Il me manque, et nous savons tous que les sentiments sont là. Cet homme est juste trop têtu pour s'en rendre compte. Je n'ai pas l'éternité pour l'attendre. Aucun de nous deux ne rajeunit.

Me penchant en avant, j'ai serré sa main. — C'est parfait. Tu as géré exactement comme il fallait la partie sur la façon de l'amener à fouiller cette chambre. Quant à planter la graine, eh bien, elle est déjà là. Tu ne fais que l'arroser.

Elle a souri, ses joues rougissant. — J'espère bien. Il y a eu une pause dans notre conversation quand la serveuse s'est arrêtée pour nous apporter nos cafés.

— Alors, parle-moi de cette idée que Daphne et toi avez eue. J'ai bien peur d'avoir déjà bu un peu de vin avant d'arriver chez toi, a dit Lila avec un sourire.

Je les ai rapidement mises au courant de notre plan. Nous avions toutes convenu de nous rendre à l'usine plus tard dans la journée pour faire une visite complète.

— Oh, on dirait qu'il est temps pour nous de partir, a dit ma mère, regardant par-dessus mon épaule.

Je me suis retournée pour voir Gabriel qui venait vers nous. Quand il a affiché un sourire, mon ventre s'est retourné et je n'ai pas pu m'empêcher de sourire aussi.

— On va vous laisser tous les deux, a dit Lila en se glissant hors du box.

—Je te verrai dans quelques heures, a dit ma mère en s'éloignant.

— Au revoir, mesdames, a dit Gabriel en se glissant en face de moi. J'espère que je ne les ai pas fait fuir.

— Non, non, c'est bon. Je les verrai plus tard. Tu viens avec nous, n'est-ce pas ?

Il a acquiescé. — Oui, et j'ai le bois dans le camion. On peut commencer à condamner les fenêtres.

— Bien. Tu peux m'accompagner pour parler à George ?

— Tu vas vraiment aller au bout de ce plan ?

J'ai haussé les épaules. — Je pense que c'est le seul moyen de faire reculer ce type. Une partie de la raison pour laquelle c'est si intrigant pour eux est que c'est interdit.

— Ça a du sens, a-t-il admis.

— Je dois te dire quelque chose, ai-je dit en prenant une profonde inspiration. J'avais décidé que je ne lui cacherais rien. Je ne voulais pas lui faire ce que ma mère m'avait fait. L'honnêteté était la meilleure politique.

— Qu'est-ce qui s'est passé ?

Je lui ai parlé de la plante et de ce que j'avais fait avec les fleurs. Il n'avait pas l'air très surpris.

— Ça ne te dérange pas ?

— Pourquoi ça me dérangerait ? Tu apportes une conclusion à la famille. Harold va recevoir des félicitations pour un travail bien fait, et vous n'aurez pas à vous inquiéter que quelqu'un soit soupçonneux. Je pense que c'est un excellent plan. Merci de me l'avoir dit.

J'ai souri et acquiescé, puis j'ai eu soudain envie de pleurer. Gabriel était trop beau pour être vrai. Je me suis demandé ce qui se serait passé si ma mère et les autres femmes avaient simplement été honnêtes sur leur statut de sorcières.

— Merci, ai-je articulé avec peine.

— Ça va ?

— Je vais très bien. Prêt à partir ?

— Oui, laisse-moi prendre un café.

CHAPITRE VINGT-ET-UN

La conversation avec George avait été tendue au début. Cet homme était têtu. Quand je l'ai menacé d'apporter les cartes mémoire à la police pour prouver qu'il avait commis une violation de propriété, il a commencé à entendre raison.

— Comment saviez-vous que les caméras étaient là ? Je croyais que l'usine était abandonnée ?

J'ai haussé les épaules. — J'ai mes méthodes et peu importe ce que vous croyiez. J'ai retiré les cartes mémoire. Si vous ne vous engagez pas à partir et à ne plus jamais remettre les pieds sur ma propriété, je confisquerai vos caméras. Je suis sûre qu'elles ne sont pas données, lui ai-je dit.

Il n'avait pas l'air aussi contrit que je l'aurais souhaité.

Il a secoué la tête. — Je dois entrer dans cette usine.

— Vous le pouvez, une fois, et c'est tout. Vous et vos amis avez causé beaucoup de problèmes, non seulement à moi et à ma famille, mais aussi à Harold. Si vous étiez restés loin des endroits où vous n'avez pas votre place, vos amis seraient peut-être encore en vie, lui ai-je rappelé.

J'ai réalisé trop tard que j'en avais trop dit.

— Que voulez-vous dire ? Harry n'est pas mort dans l'usine, a-t-il dit, me regardant avec des yeux qui en voyaient trop.

— Eh bien, il était ici à Lemon Bliss parce que vous ne voulez pas laisser tomber toute cette histoire, ai-je précipitamment répondu.

— George, c'est une offre unique, a expliqué Gabriel, empêchant George de m'interroger davantage sur la mort de Harry. Vous bénéficiez d'un laissez-passer gratuit, mais ça n'arrivera plus. Si vous croyez vraiment qu'il y a des fantômes ou des esprits ou je ne sais quoi dans cette usine, c'est votre seule chance de les capturer.

George a ricané. — Je ne les capture pas. Ce sont les sceptiques comme vous qui rendent mon travail difficile.

— Je pensais que c'étaient les fantômes insaisissables qui rendaient ton travail difficile, ai-je marmonné.

Gabriel a haussé les épaules. — Je me fiche pas mal de ce que vous faites. Une fois. Une chance. À prendre ou à laisser.

J'ai attendu et observé George qui réfléchissait à l'idée. — D'accord, mais j'ai besoin de tout mon équipement. Je veux faire un direct.

Je pouvais presque voir les rouages tourner dans sa tête alors qu'il réalisait les possibilités.

Gabriel m'a regardée, arquant un sourcil interrogateur. J'ai hoché la tête.

Il s'est retourné vers George. — Vous pouvez faire un direct. Mais nous serons présents. Vous faites un seul faux pas et c'est terminé. Si vous ne serait-ce que pensez à entrer par effraction à nouveau, je vous ferai jeter en prison.

J'ai souri, impressionnée par son ton autoritaire. *Mon héros.*

J'ai laissé Gabriel et George régler les détails. J'espérais que notre plan fonctionnerait car je ne voulais vraiment plus jamais revoir George. George a essayé de négocier une deuxième visite à l'usine, mais Gabriel est resté ferme.

Une fois la négociation entre les deux hommes terminée, Gabriel et moi sommes partis en direction de l'usine pour commencer le grand nettoyage.

Quand nous sommes arrivés à l'usine, la porte d'entrée était grande ouverte et plusieurs voitures étaient garées devant. Je les reconnaissais toutes. C'était étrange de voir l'usine si ouverte. Depuis mon retour, ça avait été un endroit sombre, toujours enveloppé d'ombres. Le fait qu'un homme y soit mort n'avait fait qu'ajouter à cette sensation lugubre.

— Hé, vous voilà ! nous a accueillis Daphne. Je pensais que vous alliez nous fausser compagnie et nous laisser faire tout le travail.

J'ai ri. — Non, nous venons juste de quitter la maison de George.

Ma mère et Lila nous ont entendus et se sont précipitées. — Qu'est-ce qu'il a dit ? a exigé Lila.

— Il a accepté. Il va faire un direct et c'est tout. Gabriel lui a bien fait comprendre qu'il serait jeté en prison s'il entrait à nouveau sans permission, ai-je dit avec un sourire.

— Wow, bien joué, Gabriel, a dit ma mère en souriant et en secouant la tête.

— C'est bien mon neveu, a fièrement déclaré Coral.

— Bon, mettons-nous au travail. Je veux que ces fenêtres soient condamnées et ensuite j'emmène Violet dîner dans un bel endroit, a-t-il dit, mal à l'aise avec toute cette attention.

Nous nous sommes divisés en groupes de deux et avons commencé à fouiller chaque centimètre carré de l'usine. Les étages supérieurs étaient vides. Lila et Daphne ont trouvé deux bocaux de plus dans le sous-sol, qui ont été rapidement emballés dans des sacs en papier et placés dans une petite boîte, elle-même mise dans une plus grande boîte. Nous ne prenions aucun risque.

— Tout est bon ? ai-je demandé, quand nous nous sommes tous retrouvés au rez-de-chaussée.

— Tout est bon, a dit Coral. Toutes les trouvailles sont rangées en lieu sûr. Il n'y aura plus d'empoisonnements accidentels.

— Alors je peux commencer à condamner les fenêtres ? a demandé Gabriel.

— Oui, je vais t'aider, me suis-je proposée. Je meurs de faim et tu m'as promis un dîner.

Nous avons tous travaillé ensemble pour condamner les fenêtres. Nous avons laissé les portes ouvertes pour l'instant afin de faciliter le direct de George. Une fois qu'il aurait terminé, nous condamnerions la porte d'entrée, mais laisserions la porte arrière accessible.

— Je vais te déposer pour que tu te changes et je viendrai te chercher dans une heure, a dit Gabriel alors que nous montions dans son camion.

Me demandant ce que je devrais porter, j'ai demandé où nous allions.

— Mets quelque chose de joli, nous allons dans un restaurant chic, a-t-il dit avec un sourire.

— Oooh ! ai-je répondu avec un grand sourire.

Il ne m'a pas fallu longtemps pour prendre une douche, mais trouver la bonne robe n'était pas si simple. Je ne m'habillais jamais élégamment. J'ai fouillé dans le placard et j'ai finalement opté pour une petite robe noire. Une fille ne peut jamais se tromper avec ce choix.

J'ai attendu que Gabriel arrive, anxieuse à propos de notre rendez-vous. Anxieuse et excitée en même temps.

— Wow, elles sont magnifiques.

J'ai pris les fleurs et les ai rapidement mises dans un vase, puis je me suis retournée et j'ai examiné son apparence. Il portait un pantalon habillé et une chemise boutonnée.

— Tu es magnifique, a-t-il murmuré.

— Tu n'es pas mal non plus, ai-je dit avec un clin d'œil.

Enroulant sa main autour de la mienne, il m'accompagna jusqu'à son camion. Le restaurant était nouveau et plus haut de gamme que la plupart dans la région. La nourriture était excellente.

Gabriel commanda un dessert, même si j'insistais que je ne pouvais plus avaler une bouchée.

Une simple part de cheesecake aux cerises fut apportée à notre table. Je la fixai, incapable de parler ou de détacher mon regard.

— Gabriel ? murmurai-je.

Il mit un genou à terre à côté de la table et fit la seule chose à laquelle je ne me serais jamais attendue.

— Violet, veux-tu m'épouser ?

J'acquiesçais de la tête, incapable de parler à travers les larmes qui coulaient sur mes joues.

En me levant, je réussis enfin à dire oui. Gabriel essuya le cheese-cake de la bague avant de la glisser à mon doigt.

— Tu es sûr de vouloir m'épouser ? murmurai-je, quand il reprit sa place.

Il rit. — Qu'est-ce que ça veut dire ? Je ne t'aurais pas demandé si je ne le pensais pas.

— Eh bien, je suis, tu sais, dis-je en agitant la main.

— Oui, je le sais et ça ne me dérange pas. C'est une partie de qui tu es. Ne me mens jamais et n'essaie pas de me cacher des choses. Coral m'a dit que c'est ce qui a détruit sa relation avec son mari, dit-il à voix basse. On traversera tout ça ensemble, et si nous avons une petite fille qui hérite de tes pouvoirs, qu'il en soit ainsi. Ça me va.

Les larmes coulaient à nouveau sur mes joues.

— On peut rentrer maintenant ?

Il sourit et hocha la tête. — Je croyais que tu ne le demanderais jamais.

UNE SEMAINE PLUS TARD

— Ne gâche pas tout, petit, grogna George à Dale Jr. tandis qu'il tirait un câble vers un générateur à l'extérieur.

Le générateur avait été une nécessité, bien que je n'avais pas prévu qu'ils auraient besoin d'électricité. Je supposais qu'ils filmeraient avec des caméras vidéo. J'avais eu complètement tort.

Je m'appuyais contre le mur en regardant les trois hommes courir avec des câbles, des caméras et des tablettes. Il y avait divers gadgets et écrans qui étaient censés mesurer l'activité paranormale. Un énorme thermomètre LED était appuyé contre un mur. Selon Stan, quand la température baisserait, nous saurions que les esprits étaient présents.

— Tu crois que ça va marcher ? demanda Daphne à voix basse.

— Je n'en ai aucune idée. Ça a l'air d'être beaucoup d'équipement coûteux. J'espère que ça en vaut la peine. Je me demande qui paie pour tout ça ?

— Je parlais avec Dale Jr., et il m'a dit qu'ils essaient de décrocher un contrat avec une chaîne. C'est la chaîne qui finance l'équipement. Si ça marche, ils auront leur propre émission hebdomadaire.

— Sérieusement ? demandai-je, complètement surprise par cette idée.

Elle hocha la tête. — Oui, c'est ce que George vise. Il était censé filmer un spécial de deux heures, mais l'idée d'un livestream a intrigué la chaîne.

Je souris. — Et s'il s'avérait qu'ils trouvent plein de fantômes ?

Elle commença à glousser. — Ce serait terrible, non ?

— Terrible pour eux, mais génial pour nous.

Les hommes étaient à l'œuvre depuis des heures. Je m'ennuyais terriblement et je regrettais ma décision de regarder le déroulement. Il y avait beaucoup plus de travail préparatoire pour un livestream que je n'aurais pu l'imaginer.

— Combien de temps ça va prendre ? chuchota Daphne.

Je haussai les épaules. — Je ne sais pas. Je pensais que ça ne prendrait que quelques heures, mais je ne réalisais pas que ça prendrait autant de temps juste pour l'installation. Tu crois vraiment que la chaîne va gagner de l'argent avec ça ?

Daphne éclata de rire. — J'espère. Sinon, ça ressemble à un passe-temps vraiment coûteux.

Nous avons attendu et les avons regardés s'affairer pendant une heure supplémentaire. George était comparable à un dictateur, donnant des ordres à Stan et Dale Jr. partout dans l'usine. J'étais fatiguée rien qu'à les regarder.

George s'approcha de l'endroit où nous nous tenions, un casque autour du cou. — Vous devez rester ici pendant que nous filmons ?

— Oui, dis-je fermement.

— Bien, souffla-t-il, ne parlez pas et restez hors champ. C'est en direct. Nous ne pouvons pas vous couper au montage si vous vous mettez en travers.

Je souris. — Je vais certainement essayer. Est-ce que rire compte comme parler ?

Il me lança un regard noir avant de se retourner et de retourner vers l'installation élaborée qu'il avait arrangée.

— Prêts ? cria-t-il.

— C'est parti ! cria Stan en retour de l'autre côté de la pièce.

— Je suis prêt ! appela Dale, l'excitation dans sa voix était contagieuse.

— Éteignez les lumières ! ordonna George.

Les lumières s'éteignirent, plongeant l'usine dans l'obscurité.

George avait été ravi des fenêtres condamnées. Il affirmait que l'obscurité serait meilleure pour l'émission et encouragerait les esprits à se manifester. J'attendais avec impatience la possibilité de voir un fantôme. Ce serait plutôt cool, surtout si c'était ma grand-mère qui hantait l'endroit.

Un seul projecteur s'alluma, illuminant George. Il leva la main avec trois doigts levés, les abaissant un par un.

— Et nous sommes en direct ! dit George, tout son comportement changeant.

Il ouvrit son émission avec un hommage à son défunt partenaire, Dale, et à Harry. C'était assez émouvant. J'étais convaincue que c'était un stratagème pour l'audience, mais ça fonctionnait.

Daphne et moi regardions les hommes commencer divers rituels de divination. C'était divertissant et excitant. Nous avions traîné quelques caisses vides pour nous asseoir pendant que nous regardions le spectacle. Je souriais en réalisant que j'assistais à ce qui marquerait la fin d'un chapitre de ma vie. Ça n'avait pas été un chapitre agréable, mais j'étais contente d'avoir vécu cette expérience.

Gabriel entra par la porte latérale, s'attirant un froncement de sourcils de George. Je souris et lui fis signe de nous rejoindre.

— Des fantômes déjà ? chuchota-t-il.

Je secouai la tête. — Pas encore. Croisons les doigts, cependant.

Il s'assit à côté de moi et me serra la cuisse. Je me penchais contre lui et réalisais que j'étais vraiment heureuse. Fantômes et tout, Lemon Bliss, Gabriel, et le reste de mon coven farfelu s'avéraient être ma maison.

———

Si vous souhaitez être informé·e de mes nouvelles parutions et autres actualités, inscrivez-vous à ma newsletter : subscribepage.io/35IYqX

Venez visiter Charm Cove, dans le Maine, où les Wickeds et les Goods sèment le trouble, la magie et le chaos depuis quelques siècles. Tournez la page pour un aperçu de Destiny's A Witch, le premier livre de la série Wicked Good Mystery !

EXTRAIT : DESTINY'S A WITCH

MOIRA WICKED

Je me frayais un chemin à travers la foule qui encombrait le trottoir quand j'ai failli trébucher en poussant la porte de Persnickety Potions & Gifts. À mon grand agacement, la boutique était remplie de clients, tous complètement charmés par ce petit endroit si mignon. Avec un roulement d'yeux, je me suis faufilée à travers la foule jusqu'au comptoir. La personne que j'étais venue voir — ma tante Lea — se tenait à côté du comptoir, débitant des balivernes à une cliente.

Tante Lea avait toujours eu la même apparence aussi loin que je me souvienne. Ses cheveux argentés étaient torsadés en un chignon élégamment décoiffé au sommet de sa tête, maintenu en place par des baguettes d'un rouge vif. Elle portait une jupe rouge flottante qui tourbillonnait autour de ses chevilles, assortie à un chemisier blanc ajusté et des bottines noires à petits talons. Des boucles d'oreilles pendantes en argent et une multitude de bracelets argentés complétaient son look — celui d'une belle femme élégante d'un certain âge avec une allure bohème.

— Eh bien, ma chère, ce remède aidera certainement votre peau. Tamponnez-en simplement derrière vos oreilles et saupoudrez-en dans votre bain, disait tante Lea, secouant le petit flacon, ses yeux verts pétillant de son chaleureux sourire.

La cliente en question portait un jean slim et des bottes de jodhpur avec un chemisier ajusté et une veste en cuir noir. Son énorme bague en diamant trahissait clairement qu'elle avait beaucoup d'argent à dépenser. Elle était si grande que je craignais que son doigt ne s'affaisse sous le poids.

Je parierais que cette aimable cliente était venue dans le Maine pour le week-end depuis le Massachusetts, le Connecticut ou New York. Elle travaillait probablement dans la mode ou la finance et gagnait des montagnes d'argent, ou mieux encore, elle avait épousé quelqu'un qui dirigeait une société d'investissement peu éthique et consacrait son temps à des œuvres caritatives socialement acceptables dans une tentative malavisée de rétablir son karma. Elle était totalement absorbée par le bavardage de tante Lea, qui continuait encore et encore et encore d'ailleurs.

Je devais reconnaître que tante Lea pouvait repérer une cible à des kilomètres et vendre de la m*rde de cheval si elle le voulait. En quelques minutes, elle avait vendu non seulement la potion magique, mais aussi quelques autres articles de sa section « Beauté & Guérison ». Si vous vous demandez ce que c'était, il s'agissait de lotions, crèmes et autres produits, tous imprégnés de pouvoirs magiques de guérison. Autant j'aurais aimé vous dire que c'était des conneries, ce n'était pas le cas.

Je m'égare. Dès que tante Lea eut donné une chaleureuse accolade à sa cliente et l'eut saluée d'un geste de la main, je me précipitai derrière le comptoir, attrapant son coude et l'entraînant à travers les portes battantes vers l'espace de stockage à l'arrière.

— Moira ! Que fais-tu ici, ma chérie ? s'exclama tante Lea, m'enveloppant dans une étreinte chaleureuse parfumée au romarin.

Je reculai d'un pas et lui lançai mon regard le plus noir. J'aimais tante Lea. J'aimais toute ma famille, mais parfois ils me rendaient dingue. — Tu as vendu un philtre d'amour à Brian et n'essaie même pas de me dire que ce n'est pas vrai.

— Oh mon Dieu, comment pourrais-tu penser...? commença tante Lea, mais je n'avais aucune patience pour ses faux-fuyants.

— Ne commence même pas. J'aurais dû savoir que tu me ferais un coup comme ça après que je me suis plainte de sa fiancée. Soyons claires, je ne me plaignais pas parce que j'étais jalouse, mais parce qu'elle est insupportable au bureau.

Tante Lea sourit malicieusement, abandonnant complètement sa tentative de professer l'ignorance. — Exactement. Je voulais juste la remettre à sa place. Tu m'as dit quel cauchemar elle était et ensuite il l'a amenée ici. Oh mon Dieu, fit-elle en pause, s'éventant pour feindre la détresse d'avoir rencontré la fiancée de mon patron. — Elle était épouvantable. Il me remerciera un jour.

Je pivotai, pris une profonde inspiration et la relâchai lentement, comptant jusqu'à dix au passage. En me retournant, je dévisageai tante Lea, sachant qu'elle avait de bonnes intentions, mais qu'elle réfléchissait rarement, voire jamais, aux conséquences de ses actes. Les implications étaient bien plus grandes étant donné qu'elle était une sorcière, une très puissante d'ailleurs.

— D'accord. Je suis sûre qu'il sera reconnaissant de ne pas l'épouser, mais tu as lancé le sort et maintenant il me fait les yeux doux. À moi ! C'est un problème d'une ampleur épique, sans compter que je ne veux PAS m'impliquer avec Brian Spencer. C'est mon patron, et nous n'avons absolument rien en commun. S'il te plaît, arrange ça. Pour hier si possible.

— Ma chérie, je ne peux pas remonter le temps, dit tante Lea, ses sourcils se haussant comme si elle pensait réellement que c'était ce que je suggérais.

— Oh mon Dieu ! Je sais que tu ne peux pas. Juste... arrange ça. Annule le sort ou quelque chose. Fais-le tomber amoureux de quelqu'un d'autre.

Autant j'aurais adoré arranger ça moi-même, si tante Lea avait mis la main au sort qu'elle avait jeté, je n'avais pas assez de pouvoir pour le contrer. Peut-être dans quelques décennies j'y arriverais, mais elle était dans une catégorie à part.

Tante Lea tapota son index contre sa joue, son ongle rouge brillant captant la lumière du dessus. Après un moment, elle s'éloigna rapidement, traversant un rideau de perles. C'est vrai, pour couronner le tout, Persnickety Potions & Gifts avait un rideau de perles dans l'arrière-boutique. Il serait difficile de rendre cet endroit plus kitsch.

———

Je laissai mon regard vagabonder, observant l'arrière-boutique bondée du magasin adoré de tante Lea. Les murs étaient couverts d'étagères, chaque centimètre d'espace encombré de flacons de potions, de crèmes et plus encore, ainsi que d'œuvres d'art et de bijoux coûteux. Le magasin appartenait à ma famille depuis, oh, quelques centaines d'années. Tante Lea se trouvait être le membre de la famille qui le gérait actuellement, mais nous y avions tous mis la main à différents moments. Je respirai profondément, savourant l'odeur d'herbes et de fleurs qui imprégnait l'espace. Les sons provenant de l'avant du magasin flottaient jusqu'ici. Tante Lea avait embauché deux de mes jeunes cousins ce printemps, quelque chose que j'avais fait tout au long du lycée.

Mon esprit revint à hier après-midi quand mon patron, que je détestais soit dit en passant, était entré dans mon bureau avec des fleurs. Des fleurs ! Il semblait avoir complètement oublié qu'il était fiancé à Kristy Ross, une autre conseillère en investissement du bureau. Quant à savoir pourquoi je travaillais dans les investissements, eh bien, c'était un autre sujet.

Quoi qu'il en soit, j'étais consternée. J'essayais de trouver la meilleure façon de quitter mon emploi sans énerver Brian et ruiner mes chances d'obtenir une bonne référence de sa part. Parce que, eh bien, je détestais mon travail, et j'avais besoin de changer.

Ce n'était pas une nouveauté pour ma famille car ma mère n'arrêtait pas de me harceler pour que je revienne vivre à Charm Cove. Une ville pouvait-elle être plus mignonne avec un nom pareil ? *Difficile à dire sans savoir*, comme auraient répondu les habitants.

Enfin bref, j'avais appelé il y a deux semaines pour prévenir les différents membres de ma famille que mon patron et sa fiancée seraient en ville pour une visite. En soi, ce n'était pas inhabituel. Des touristes de tout le Nord-Est et du monde entier affluaient vers la côte du Maine. L'État avait deux devises : *Maine, la vie comme elle devrait être* et *Pays des vacances*. Il y avait plein de charmantes villes côtières dans le Maine, mais Charm Cove occupait une place spéciale car les habitants ici se pliaient en quatre pour les touristes.

Il y avait aussi le fait que la ville avait été fondée par deux familles de sorcières il y a quelques siècles. Dire que les habitants d'ici avaient une façon de charmer les touristes était un euphémisme ridicule. Ma famille gagnait des tonnes et des tonnes d'argent grâce à eux.

Donc mon patron voulait visiter. Rien d'inhabituel. Je lui avais gracieusement donné quelques suggestions sur où séjourner, les meilleurs restaurants et boutiques, et lui avais souhaité de bonnes vacances avec sa fiancée acariâtre. Sachant que j'étais malheureuse dans mon travail, je parierais que tante Lea avait jeté un coup d'œil à sa fiancée et décidé d'utiliser ses pouvoirs pour le bien. Elle prétendait que c'était la seule raison pour laquelle elle utilisait ses pouvoirs. Bah.

Dès que Brian s'est pointé avec des fleurs, j'ai su qu'elle avait fait quelque chose. Pire encore, lorsque je suis passée à son bureau pour lui remettre un rapport, j'ai aperçu l'étiquette distinctive de Persnickety Potions & Gifts sur une bouteille posée sur son bureau. Mon patron banquier d'investissement coincé et snob − qui avait un bâton tellement enfoncé dans le cul que je n'étais pas sûre qu'on puisse l'enlever − avait une bouteille d'un remède New Age. À l'instant où j'avais vu ça, j'avais compris ce qui se passait. Tante Lea avait jeté un sort d'amour sur lui, un sort qui, malheureusement, m'avait prise dans sa toile. Que Dieu me vienne en aide.

Tante Lea revint en hâte, le rideau de perles cliquetant doucement tandis qu'elle le traversait. — D'accord, voilà. J'ai inversé le sort, mais tu dois mettre ceci dans son bureau.

La fixant du regard, je secouai lentement la tête. — Tu vas régler ça toi-même. Je sais que tu peux gérer ça à distance, alors n'essaie pas de me mêler à cette histoire, dis-je, adoptant mon ton le plus ferme.

Tante Lea pencha la tête sur le côté et leva les yeux au ciel. — Très bien. Promets-moi que tu reviendras vivre ici, et je m'en occuperai tout de suite, dit-elle en claquant des doigts.

C'était un point de discorde habituel avec n'importe qui de ma famille depuis que j'avais quitté Charm Cove quelques années auparavant. Il y avait beaucoup de choses que j'aimais dans ma ville natale, mais j'avais eu besoin de prendre du recul, et je n'appréciais pas la pression pour y retourner. Je voulais prendre cette décision selon mes propres conditions.

Nous nous sommes fixées du regard jusqu'à ce qu'elle soupire et pose une main sur sa hanche. — Je ne voulais pas qu'il tombe amoureux de toi. Je n'ai pas rendu le sort spécifique, juste pour la première femme qu'il verrait après que le sort fasse effet. Je suppose que c'était toi.

— Je suppose que oui, dis-je, incapable de retenir mon rire. Aussi agacée que je puisse être par ses manigances, tout cela était tellement ridicule.

Tante Lea afficha un sourire malicieux puis me fit signe de sortir. — Tu restes pour le week-end ? demanda-t-elle en m'accompagnant jusqu'au trottoir bondé.

— Bien sûr. Je me dirige chez maman maintenant.

Tante Lea m'étreignit à nouveau et me congédia d'un geste de la main.

Je n'avais fait que dix pas quand j'entendis mon nom.

— Moira Wicked !

Si j'ai oublié de le mentionner, les deux familles qui ont fondé Charm Cove il y a quelques siècles étaient les Wicked et les Good. J'étais une Wicked. L'homme qui appelait mon nom ? Liam Good.

———

À Charm Cove, les Wicked et les Good se disputaient depuis des siècles. C'était devenu beaucoup plus poli au cours du siècle dernier, étant donné que nous devions garder nos pratiques de sorcellerie secrètes. La récente popularité de tout ce qui était spirituel avait rendu les choses beaucoup plus faciles pour nous, mais en réalité, tout ce que cela avait fait était de nous aider à soutirer plus facilement de l'argent aux touristes sans méfiance. Je supposais que la grâce salvatrice était qu'au moins, les choses que nous leur vendions fonctionnaient. Exemple parfait, le sort d'amour de tante Lea sur mon patron.

En ce moment, Liam Good criait mon nom, et j'essayais de trouver où me cacher. D'un mouvement de poignet, je fis tourbillonner de la fumée dans l'air et disparus dedans, me téléportant vers les toilettes les plus proches. Merde. Petit problème : j'ai atterri dans les toilettes à l'arrière de Persnickety Potions & Gifts.

Mes pouvoirs étaient un peu rouillés parce que j'essayais de mener une vie *normale*. Laissez-moi vous dire, c'était difficile d'être normale quand votre prénom signifiait *destin*, que votre nom de famille était Wicked, et que vous veniez *vraiment* d'une famille légendaire pour ses pratiques de sorcellerie.

Avec un soupir, je me détournai de la porte familière des toilettes et fis le point. Écartant quelques mèches rebelles de mes cheveux presque noirs de mes yeux, je me rinçai les mains dans le lavabo et me regardai. Des yeux verts et une peau plutôt pâle me fixaient en retour. Mes joues étaient rouges, probablement parce que j'étais nerveuse à l'idée de croiser Liam. En m'aspergeant le visage d'eau, je me rafraîchis. Je supposai que l'avantage était que je pouvais sortir d'ici sans me soucier d'expliquer comment j'y étais arrivée. Alors c'est ce que je fis.

Quand tante Lea haussa un sourcil en me voyant apparaître, je m'arrêtai à côté d'elle derrière le comptoir. — Liam Good m'a vue. Pas d'humeur, alors... eh bien, tu sais, expliquai-je à voix basse.

Tante Lea hocha la tête d'un air entendu. Je n'avais pas besoin d'expliquer que je m'étais téléportée dans les toilettes à l'arrière. Pas de souci à se faire. Créer de la fumée que personne d'autre ne pouvait voir à moins d'être une sorcière était tout à fait normal à Charm Cove.

J'ai continué à sortir de la boutique, espérant que Liam avait compris l'allusion. Pas de chance. Il était adossé au poteau de granit au coin de la rue, inconveniemment situé près de ma petite voiture rouge. J'avais envie de disparaître à nouveau, mais je savais que cela ne me servirait à rien.

Liam Good était mon ex-petit ami du lycée et d'une partie de l'université. Aux dernières nouvelles, il s'était marié et était heureux, et j'avais prétendu que cela m'était égal.

Liam Good était en grande partie la raison pour laquelle j'avais quitté Charm Cove et pourquoi je m'étais promis de fermer la porte à mes pouvoirs. Il avait suffi d'une seule rencontre rapprochée avec lui pour que ma résolution de ne pas utiliser mes pouvoirs parte en fumée. Littéralement. Soupir.

J'ai réussi à esquisser un sourire crispé, faisant tout mon possible pour ne pas remarquer qu'il était toujours aussi séduisant. Des cheveux noirs comme la nuit, des yeux bleu glacial, et un visage classiquement beau avec des traits sculptés et tout le tralala. Dieu m'aide. La vie n'était pas juste.

Copyright © 2025 Lucy May ; Tous droits réservés.

1-click. Destiny's A Witch, le premier livre de la série Wicked Good Mystery !

Si vous souhaitez être informé de mes nouvelles parutions et autres actualités, inscrivez-vous à ma newsletter : subscribepage.io/35IYqX

Merci d'avoir lu cette histoire ! J'espère que vous avez apprécié sa magie. Si c'est le cas, voici quelques façons d'aider d'autres lecteurs à découvrir mes livres.

1) Écrivez un avis !

2) Inscrivez-vous à ma newsletter pour recevoir des informations sur mes nouvelles parutions : subscribepage.io/35IYqX

3) Aimez ma page Facebook : https://www.facebook.com/lucymayauthor/

———

Série Lemon Tea Cozy Mysteries
Witch You Wouldn't Believe
A Spell to Tell
Witch is When it Gets Crazy
Série Wicked Good Mystery
Destiny's A Witch
Hex Me Not
Spells & Silver Bells
The Great Maple Caper

Oopsy Daisy
Siren Song Gone Wrong
Pumpkin Patch Murder
Série This Good Witch Mystery
Wish Upon A Witch
A Stormy Spell
A Stitch of Magic
Bee Charmed

Lucy May adore le café, les chiens, la cuisine et l'écriture. C'est une Sudiste déplacée qui vit dans le Maine. Elle a appris à apprécier les quatre saisons, mais elle regrette toujours les étés tranquilles du Sud. Elle aime penser qu'elle aurait pu être une sorcière dans une autre vie et croit encore à la magie. Elle passe son temps à créer des histoires paranormales pleines d'humour, de sorcellerie et de sensualité.

Facebook